Der Tag, an dem das Glück
im Papierkorb lag

ANDREAS HAUFFE

DER TAG, AN DEM DAS GLÜCK IM PAPIERKORB LAG

Thienemann

Für Frank und Christian

Der wahre Schauspieler ist von
der unbändigen Lust getrieben,
sich unaufhörlich in andere Menschen
zu verwandeln, um in den anderen
am Ende sich selbst zu entdecken.

Max Reinhardt (1873-1943)
Regisseur und Schauspieler

EINS

Oben sitzen die Rabenkrähen. Auf den Dachrinnen und auf dem Schornstein. Sie sitzen in den Bäumen, auf den Laternen und den Überlandleitungen im blauen Licht. Sie sitzen überall, aber sie greifen nicht ein. Sie schauen nur zu. Unbeteiligt und unbeweglich verfolgen die schwarzen Silhouetten das Geschehen auf der Straße.

Drei gegen einen. Das ist doch unfair, oder? Kommt natürlich ein bisschen darauf an, um wen es sich handelt und wer der eine oder der andere ist.

In diesem Fall ist es einfach: Der eine ist der Skinhead, Micha. Die anderen sind die drei Brüder von Behdis. Völlig grundlos hat Micha das Mädchen krankenhausreif geprügelt. Völlig ohne Grund? Nein! Natürlich nicht! Erstens hat er es getan, weil sie Türkin ist, und zweitens weil er seinen Kumpels zeigen wollte, dass er es voll draufhat. Am Anfang war er sogar stolz auf seine Tat. Fühlte sich stark im Kreis seiner Freunde. Aber dann war er allein mit der Erinnerung. Sein Gewissen klopfte an und ließ ihn unruhig werden. Er spürte, dass er große Scheiße gebaut hatte. Kam dahinter, dass es keine Kunst ist und schon gar keine Heldentat, ein wehrloses Mädchen zu verprügeln. Er war das Allerletzte. Es tat ihm leid. Klar, es dauerte eine Weile, bis er sich das eingestand, aber da er tagelang nicht richtig schlafen konnte, sprang er schließlich über seinen eigenen Schatten und besuchte Behdis im Krankenhaus. Kleinlaut stammelte er eine Entschuldigung. Und das Verrückte: Sie lächelte und er verliebte sich in sie. Er konnte nichts dagegen tun. Er verliebte sich, weil sie seine Entschuldigung annahm.

Natürlich durfte das niemand erfahren. Ein Skin, der sich in eine Türkin verguckt, geht doch gar nicht. Nein, das durfte keiner wissen. Behdis nicht, die Kumpel nicht und die drei Brüder des Mädchens schon gar nicht.

Aber genau die haben ihn jetzt abgefangen und wollen ihn fertigmachen. Ausgerechnet jetzt, wo er den Entschluss gefasst hat, seine Gefühle zuzugeben, wo er sich endgültig von seiner prügelnden Clique verabschieden will. Jetzt, wo er sich durchgerungen hat, Behdis zu sagen, wie es um ihn steht. Ausgerechnet jetzt halten ihn zwei ihrer Brüder fest, während der dritte zum Schlag ausholt.

Der schrille Ton einer E-Gitarre zerfetzt die Luft, als die Faust mitten in seinem Gesicht landet. Bass und Schlagzeug setzen pumpend ein. Dann der Tritt zwischen die Beine. Micha krümmt sich. Sein Gesicht ist schmerzverzerrt. Die Gitarre jault auf. Dann sieht er die Schneide des Messers. Spitz. Scharf. Blitzend. Panisch versucht er, sich loszureißen. Erfolglos. Drei Mal in schneller

Folge fährt die Klinge in seinen Leib. Ungläubig schaut Micha seinen Kontrahenten an. Seinem überraschten Blick ist anzusehen, dass er damit nicht gerechnet hatte. Nicht mit so etwas. Nicht mit dem Tod. Tränen schießen ihm in die Augen und laufen die Wangen hinab. Er öffnet den Mund, will noch etwas sagen, doch mit einem Seufzer geht er zu Boden. Ein letzter Blick auf die Rabenkrähen, dann wird es um ihn herum dunkel und still.

»Bravo, Jungs! Ganz hervorragend!«, ruft Herr Arndt und klatscht begeistert, als Moritz, der für die Technik zuständig ist, das Licht in der dunklen Aula wieder hochfährt. »Ihr könnt jetzt zusammenpacken. Für heute sind wir durch. Und vergesst bitte nicht, die Krähen wieder in die Kartons zu packen. Unser Hausmeister hat ohnehin schon genug zu tun.«

Herr Arndt ist Lehrer, Regisseur und Stückeschreiber in einer Person. Seine Stücke sind immer anspruchsvoll, authentisch und nicht ohne tiefgründigen Witz. Eine echte Herausforderung für die Akteure. Aber er hat sich noch nicht entschieden, wem er die Hauptrolle in seinem neuesten Werk *Die Spirale* geben wird. Wie immer, wenn Herr Arndt ein neues Stück geschrieben hat, reißen sich die Mitglieder der Theater-AG um die Rollen.

Dieses Mal auch Simon. Er liegt noch auf dem Bühnenboden. Er hat wirklich alles gegeben. Sogar die Sache mit den Tränen hat geklappt. Hoffentlich hat Arndt die auch gesehen, denkt er, und öffnet die Augen. Vor ihm steht Arkan, der einen von Behdis'

Brüdern spielt, mit dem Messer. Er reicht ihm die Hand und hilft ihm grinsend hoch.

»Hey, Alter, echt geile Show mit der Heulerei. Hast es voll drauf, ey. Ohne Scheiß. Wie hast du das gemacht?«

Simon zuckt mit den Schultern. »Weiß nicht, das kann ich schon immer.«

»Is echt der Wahnsinn, ey. Einfach losflennen, ey. Voll mit echten Tränen, ey. Coole Nummer. Respekt Alter. Echt Respekt.«

»Danke, Arkan!«

Fünf Jungs, fast alle aus der Oberstufe, haben es in die engere Auswahl für die Rolle des Micha geschafft. Simon ist mit vierzehn der jüngste von ihnen. Ursprünglich war er auch gar nicht vorgesehen, weil Arndt ihn vom Aussehen und vom Körperbau her nicht für geeignet hielt. Zu schmächtig, meinte er. Viel zu feminin für einen Skin. Aber Simon hat nicht lockergelassen. Wozu gibt es schließlich eine Maske, hat er argumentiert. Und die langen Haare könne er ja abschneiden lassen, schlug er vor. Und überhaupt, mal vom Aussehen ganz abgesehen, komme es beim Theater nicht viel mehr darauf an, glaubwürdig zu sein? Auf die Fähigkeit, sich hundertprozentig in eine Rolle hineinversetzen zu können? Simon und Moritz haben Herrn Arndt so lange vollgetextet, gebettelt, gefleht und geflucht, bis er ihn endlich auf die Liste derer setzte, die vorsprechen durften. Das hat er jetzt getan und er hat eigentlich ein ganz gutes Gefühl. Hoffentlich hat er Herrn Arndt mit seinem Auftritt überzeugt.

Ein kräftiger Schlag auf die Schulter lässt Simon zusammenfahren. »Hey Alter, das war 'ne coole Nummer. Gut, dass wir so lange dran gearbeitet haben. Und ich hab dir ein Licht gesetzt – voll geil. Ich wette meinen Arsch, dass du die Rolle kriegst.« Moritz strahlt über das ganze Gesicht.

»Abwarten«, erwidert Simon, »bei dem Arndt weiß man nie.«

»Da kommt er. Ich warte draußen und drück die Daumen. Bis gleich.« Moritz verabschiedet sich von Herrn Arndt und verlässt den Theatersaal.

»Das war sehr beeindruckend, Simon. Du solltest wirklich dranbleiben. Schade, dass du dir in Deutsch nicht halb so viel Mühe gibst wie auf der Bühne.«

Simon verdreht die Augen. Arndt nutzt echt jede Gelegenheit, um auf seine miesen Leistungen in Deutsch hinzuweisen. Dabei ist Deutsch das langweiligste Fach überhaupt. Grammatik, Rechtschreibung, Gedichtinterpretationen und vor allem Aufsätze sind für Simon ein rotes Tuch. Wi-der-lich!

»Möglich, dass der Beruf des Schauspielers für dich genau der richtige ist. Finde es heraus«, sagt Herr Arndt und kämmt sein schütteres Haar zurück, während er den Mitgliedern der Schülerband *Die Abhänger* hinterhersieht, die gerade ihre Instrumente hinaustragen.

»Danke«, sagt Simon. *Finde es heraus*, hört sich so an, als hätte Moritz recht und er die Rolle in der Tasche. Andererseits klang in Arndts Stimme irgendwas mit, das Simon verunsichert. Vielleicht war es dieser beiläufige Tonfall, mit dem ihn sein Deutschlehrer gerade lobte.

»Und, kriege ich die Rolle?«

Arndt legt seine Stirn in Falten und wiegt seinen Kopf langsam hin und her. Dann seufzt er leise, aber hörbar. Mist, das ist gar kein gutes Zeichen.

»Ich weiß es noch nicht, Simon. Du kennst ja meine Bedenken. Als ich das Stück schrieb, hatte ich eine ganz bestimmte Vorstellung vom Micha, und der entsprichst du leider ganz und gar nicht. Andererseits bist du auf der Bühne so überzeugend, dass ich denke, vielleicht ...« Herr Arndt unterbricht sich selbst und überlegt einen Moment. »Ach nee, das ist keine gute Idee.«

»Was denn?«

»Gar nichts, war nur so ein Gedanke, aber der taugt nichts.«

»Verraten Sie ihn mir trotzdem?« Simon will unbedingt wissen, was im Kopf von Herrn Arndt vorgeht. Wer weiß, wozu es gut ist.

»Ich bin sicher, das willst du nicht hören.«

»Doch, unbedingt sogar«, drängelt Simon, der davon überzeugt ist, dass Hartnäckigkeit siegt. Hätte er Herrn Arndt nicht so genervt, hätte er niemals vorsprechen dürfen. Und jetzt muss er weiter dranbleiben, damit er die verdammte Rolle bekommt. Das ist das Wichtigste. Er will den Micha spielen – unbedingt.

»Also«, Arndt räuspert sich umständlich, »ich dachte gerade, aber wirklich nur ganz kurz, und ich habe es auch sofort wieder verworfen, dass du vielleicht die Rolle von Behdis übernehmen könntest.«

Simons Gesichtszüge entgleisen. Arndt hatte recht, das wollte er wirklich nicht hören. Das darf doch nicht wahr sein. Was für eine bescheuerte Idee ist das denn? Er soll ein Mädchen spielen? Allein der Gedanke ist doch kriminell. Der hat sie wohl nicht mehr alle. Nur gut, das Arndt von selbst eingesehen hat, dass das gar nicht geht. Genau genommen ist das sogar eine Beleidigung seiner Schauspielerehre, findet Simon.

»Ich habe ja gesagt, das willst du nicht hören«, sagt Arndt, dem Simons Enttäuschung nicht entgeht. »Außerdem hast du dich ja auch für die Hauptrolle beworben. Da werde ich eine Nacht drüber schlafen müssen. Momentan bin ich so hin- und hergerissen wie der Micha in dem Stück. Ich sage dir spätestens morgen, wie ich mich entschieden habe – versprochen.«

Mist, denkt Simon. Bis morgen ist es verdammt lange hin. Wie soll er das aushalten? Wie soll er so eine Zeitspanne ausfüllen? Bis morgen, das ist eine Ewigkeit. Besonders, wenn man auf so eine wichtige Entscheidung warten muss.

ZWEI

»Hey, Alter, wie ist es gelaufen? Was hat er gesagt?« Moritz hat vor der Schule auf seinen Freund gewartet. Er sitzt auf der Mauer, die um das komplette Schulgelände verläuft. Mit ihm hat sich Simon auf das Vorsprechen vorbereitet. Moritz hat zwar kein Interesse an der Schauspielerei, aber er liebt die Technik. Und er hat ein unfehlbares Gespür dafür, ob eine Szene funktioniert oder nicht. Deshalb ist er auch Simons Privatregisseur geworden. Zusammen haben sie die Probeszene durchgespielt und verschiedene Varianten getestet. So lange, bis beide sicher waren, das Optimale herausgeholt zu haben.

»Ich weiß nicht.«

»Wie jetzt, ich weiß nicht? Ich höre wohl nicht richtig. Du warst doch super. Warum ziehst du dann ein Gesicht, als hätten sie dich gerade zu zehn Jahren Dunkelhaft verknackt?«

»Haha!«

»Was ist nun, hast du die Rolle oder nicht? Mensch, mach es doch nicht so spannend.« Moritz springt von der Mauer und baut sich vor seinem Freund auf.

»Keine Ahnung.«

»Hä?«

»Arndt war wohl ganz zufrieden. Aber er hat sich noch nicht entschieden. Er will sich das bis morgen überlegen. Dann gibt er mir Bescheid. Du kennst ja seine Bedenken. Ich bin ihm zu jung, zu schmal, zu klein und so weiter.«

»Scheiße.«

»Das kannste laut sagen.«

»SCHEISSE!«, schreit Moritz und benutzt seine Hände als Trichter. »Und was machen wir jetzt?«

Simon zuckt mit den Schultern. »Keine Ahnung. Abwarten. Was sonst?«

»Wie wär's mit Kino?«, schlägt Moritz vor.

»Bei dem Wetter?« Simon deutet in den wolkenlosen blauen Himmel. Das Thermometer dürfte die Fünfundzwanzig-Grad-Grenze erreicht haben.

»Warum nicht? Nach dem Kino ist immer noch schönes Wetter, es ist nicht viel los und Kalli hat heute Dienst.«

Das ist ein Argument. Kalli ist seit einem halben Jahr mit Moritz' Schwester Justine zusammen. Justine steht auf große muskelbepackte Jungs wie Kalli. Er ist Dauergast in der Muckibude, Kfz-Lehrling, Türsteher einer Disco und Filmvorführer im Billigkino. Natürlich lässt er Moritz, seinen zukünftigen Schwager, immer gratis rein und Simon auch, weil er der beste Freund seines zukünftigen Schwagers ist.

»Was läuft denn?«

»Heute Nachmittag zeigen sie *Fargo* von den Coen-Brüdern.«

»Voll schräg, aber den haben wir doch schon hundertmal gesehen.«

»Na und? Den kann man auch zweihundertmal sehen, oder?«

»Eigentlich schon.«

»Na dann los.«

Die zwei machen sich auf den Weg. Unterwegs rückt Simon damit raus, dass Arndt ihm beinahe die Rolle von Behdis angeboten hätte. Zu seiner Überraschung reagiert Moritz ganz anders, als Simon es erwartet hatte. Er dachte, Moritz würde sich totlachen oder voll über den Arndt herziehen, aber stattdessen sagt er: »Hey, das ist voll super. Gratuliere!«

»Spinnst du? Was gibt's denn da zu gratulieren? Das ist komplett daneben. Allein die Idee ist doch schon absolut porös«, ereifert sich Simon, der im ersten Moment denkt, Moritz will ihn verscheißern. Will er aber nicht.

»Logisch ist die porös«, sagt Moritz, »das heißt aber auch, dass er dich für einen total genialen Schauspieler hält.«

»Was? Wie kommste denn da drauf?«

»Überleg doch mal. Arndt hat immer super Dinger auf die Bühne gebracht. Jedes Mal hat er was Besonderes aus dem Hut gezaubert. Und noch nie hat sich bei ihm jemand lächerlich gemacht. Stimmt's?«

»Ja und?« Simon rafft einfach nicht, worauf Moritz hinauswill. Die Idee, dass er ein Mädchen spielen soll, war und ist komplett daneben.

»Ja und?«, äfft Moritz seinen Freund nach. »Überleg doch mal, was es für einen Schauspieler bedeutet, das gegnerische Geschlecht glaubhaft rüberzubringen. Das ist sauschwer, das erfordert echt Talent und genau das traut dir der Arndt zu. Also wenn du mich fragst, ein besseres Kompliment hätte er dir kaum machen können.«

So hat Simon das noch gar nicht gesehen. Moritz hat recht. Na klar! Simons Stimmung schwingt sich auf der Stelle in die Höhe. Jetzt freut er sich sogar richtig auf den total durchgeknallten Film *Fargo*, in dem es von guten Schauspielern nur so wimmelt.

DREI

»Hi, Jungs, was geht ab?«, begrüßt Kalli die beiden. »Wie geht's?«

»Gut!«, antworten Simon und Moritz unisono.

»Und untenrum?« Kalli grinst überheblich und lässt sie durch den Eingang zum Hof rein. Die Tür befindet sich hinter einem riesigen Vorhang, der vor den Seitenwänden hängt. Man findet sie nur, wenn man weiß, wo sie ist.

»Und bei dir?«, sagt Moritz.

»Muss ja, wa! Dann sucht euch mal 'nen schönen Platz aus. Ihr habt die freie Wahl. Bei dem Wetter geht doch kein Arsch ins Kino.«

Tatsächlich sitzen höchstens vier oder fünf Figuren im Saal. Kein Wunder. Wer guckt sich mitten im Sommer schon gerne einen Film an, der in Schnee und Eis spielt?

Das Gute am Billigkino ist nicht nur, dass es oft ziemlich leer ist, sie zeigen auch nicht stundenlang Werbung vor dem Hauptfilm.

Simon und Moritz entscheiden sich für die Mitte des Saals. »Na toll«, stöhnt Moritz, kurz nachdem sie Platz genommen haben, »irgendwie hab ich's geahnt.« Er deutet auf ein junges Pärchen, das sich ausgerechnet zwei Reihen vor ihnen niederlässt. Sie trägt Minirock, bauchfreies Top und Nasen-Piercing und lässt eine Kaugummiblase nach der anderen platzen. Ihre Haare sind zu einer, wie der Kölner sagt, »Bergheimer Palme« zusammengebunden, ein nach oben stehender Pferdeschwanz. Der Typ lässt auch pausenlos Kaugummiblasen platzen. Peng! Peng! Peng! Er hat ein Muskelshirt an, ein Tattoo auf dem Bizeps und jede Menge Metall im Gesicht. Beladen sind die beiden mit einer riesigen Popkorntüte und einigen Bierdosen. Simon verdreht die Augen. Zwei Dinge gehören einfach nicht in ein Kino: raschelnde Popkorntüten und Liebespärchen. Beides ist am schlimmsten. Natürlich kommt es genau so, wie er es von Anfang an befürchtet hat. Kaum geht das Licht aus, werden die Kaugummipengs vom Popkorngeraschel abgelöst. Und mit dem Vorspann wird zischend die erste Bierdose aufgerissen. Kurz darauf ist ein lauter Rülpser zu hören. Der Film hat noch nicht richtig angefangen, da kichert die Bergheimer Palme albern herum und macht keine Anstalten, wieder aufzuhören. Der Typ will ihr nämlich an die Wäsche und sagt dauernd: »Stell dich nicht so an.« Man sollte sie an ihren Nasenringen aus dem Saal schleifen, denkt Simon. Wenn es nach ihm ginge, würden Liebespaare gar nicht erst in Kinos reingelassen. Verliebte wollen schließlich keinen Film sehen. Das können sie auch gar nicht, weil sie eh nur rumknutschen. Das Kino brauchen sie nur, weil sie da im Dunkeln rummachen können. Voll abartig, so was. Am besten wäre es, Liebespaare komplett zu verbieten. So was braucht doch keiner. Die sind doch nur dazu da, anderen auf den Sack zu gehen und den Kinobesuchern den Spaß zu verderben, da ist Simon ganz sicher.

Doch trotz der Nebengeräusche zieht ihn der Streifen wie immer von Anfang an in seinen Bann und lenkt ihn von dem Kaugummipärchen und seinen Gedanken an die Hauptrolle ab. *Fargo* ist zwar blutrünstig, aber trotzdem urkomisch: Ein Autoverkäufer heuert, weil er in Geldnöten steckt, zwei kleine Ganoven an. Die sollen seine Frau entführen, damit er seinen reichen Schwiegervater, der überhaupt nichts von ihm hält, erpressen kann. Aber weil die beiden Typen einfach zu dämlich zum Kacken sind, richten sie ein unglaubliches Blutbad an. Daraufhin ermittelt in dem Fall eine hochschwangere Polizistin, die sich mit ihrem dicken Mann durch den ganzen Film futtert.

Fasziniert starrt Simon auf die Leinwand und verfolgt das absurde Geschehen, als die zweite Bierdose aufgerissen und die erste lautstark zu einem Knäuel Blech zusammengedrückt und auf den Boden gescheppert wird. Dann wird die Popkorntüte zerknüllt und der Typ macht sich frisch gestärkt wieder über die Bergheimer Palme her. Die nervtötende Kicherei wird lauter und das Pärchen sinkt langsam runter in den Sitz. Jetzt sind die zwei zwar nicht mehr zu sehen, aber leider noch zu hören. So wie das klingt, sind sie drauf und dran, es da auf dem Kinositz zu treiben. Das ist Verrat. Das ist sogar Hochverrat an der Filmkunst. Simon versucht, die zwei zu ignorieren, aber das gelingt ihm nicht. Dann piepst auch noch ein Handy. Erst als Moritz ihm einen Knuff versetzt, wird ihm klar, dass es sein Handy ist, das da nervt. Wie peinlich. Jetzt ist er es, der für störende Geräusche sorgt. Nur gut, dass der Saal so schwach besetzt ist.

»Geht's auch leiser dahinten!«, ruft ausgerechnet der Typ mit der Tussi. »Du mich auch«, murmelt Simon vor sich hin und fingert das Handy aus der Tasche. So ein hirnrissiger Idiot. Macht selbst einen Riesenlärm, aber beim leisesten Piep von anderen beschwert er sich. Arschloch. Simon spürt, wie sich die Wut in seinem Inneren breitmacht. Wenn ihm der Typ kräftemäßig nicht so überlegen wäre, würde er ihm glatt die Meinung sagen. Aber seine innere Stimme rät zur Vorsicht und schlägt vor, einfach die Klappe zu halten und sich nicht mit ihm anzulegen.

Eine SMS ist angekommen. Ungläubig starrt Simon auf das Display seines Handys. Dann schmettert er genau in dem Moment ein lautes »Yipiiiiiie!« in den Saal, als einem der dämlichen Gangster auf der Leinwand gerade das halbe Gesicht weggeschossen wird.

»Was ist denn jetzt los?«, will Moritz wissen.

»Ruhe, ihr blöden Wichser!«, meckert der Typ zwei Reihen vor ihnen.

»Erzähl ich dir gleich. Lass uns abhauen, es gibt was zu feiern. Ich lad dich ein. Was willst'n? Currywurst, Pizza, Pommes ...

»Spaghetti-Eis«, ergänzt Moritz die Liste. »Du weißt ja, dein Privatregisseur steht voll auf Spaghetti-Eis. Besonders bei dem Wetter.«

»Na dann los!«

»Seid endlich ruhig, ihr blöden Pissköpfe! Wir wollen den verdammten Film sehen!«

»Vor allen Dingen willst du den Film sehen, du Flachpfeife«, platzt es jetzt aus Simon heraus. Er versetzt sich einfach in die Rolle des Micha. Das fällt ihm gar nicht schwer. Halb steckt er da sowieso noch drin. »Wie willst du das denn anstellen, wenn deine Nase ständig zwischen den Schenkeln deiner Braut steckt?«

»Spinnst du?«, flüstert Moritz. »Der macht dich alle. Gegen den hast du keine Chance.«

»Erst mal muss er mich kriegen«, grinst Simon.

Jetzt tauchen die Köpfe des Pärchens hinter der Sitzreihe auf. »Hey, Alter, du bist scharf auf Ärger, stimmt's? Du bist verdammt scharf auf Ärger.«

»Du willst mir Ärger machen«, sagt Simon, »klasse Witz. Ich piss mich gleich ein vor Lachen.«

»Hast du das gehört?«, sagt der Typ zu seiner Bergheimer Palme. »Er bettelt um Schläge. Er will unbedingt was auf sein Fressbrett. Ist der denn lebensmüde, oder was?« Die Bergheimer Palme zuckt mit den Schultern und macht eine Kaugummiblase.

»Ich finde, das ist keine unberechtigte Frage«, flüstert Moritz seinem Freund zu.

Obwohl Simon klar ist, dass der Typ gleich explodiert und dass er es mit einem zu tun hat, der keine Widerworte verträgt und schon gar keine Provokationen, setzt er noch einen drauf.

»Na dann sag mal deinem Arsch auf Wiedersehen, du Knalltüte«, ruft er und zeigt ihm den Mit-

telfinger. »Am besten verabschiedest du dich auch gleich von deiner Süßen. Wenn ich mit dir fertig bin, wird sie dich vermutlich nicht wiedererkennen. Ich schlage vor, du gehst schon mal raus und läufst dich warm. Ich komme dann gleich nach.«

»Hey, Alter, spinnst du? Das ist hier kein Theaterstück«, zischt Moritz. »Der zerreißt dich in der Luft. Und wenn wir Pech haben, mich gleich mit.«

»Na warte, du kleiner Scheißer. Dir zieh ich 'nen Canyon in den Schädel! Da kannst du aber einen drauf lassen. Dich mach ich fertig.« Der Typ fängt an, über die Sitzreihen auf Simon zuzuklettern.

»Ach, Robbi, nicht schon wieder«, mault die Bergheimer Palme. »Bleib doch hier. Immer diese blöden Prügeleien und hinterher das ganze Blut. Find ich voll doof.«

»Schnauze, Süße, ich bin gleich wieder da.«

»O-oh, los, zum Hintereingang«, flüstert Simon Moritz zu. Die beiden gehen langsam zur Seitenwand, verschwinden hinter dem Vorhang.

»Dir werde ich deine blöde Fresse konkav modellieren!«, hören sie Robbi noch rufen, als sie auf den Hof huschen und die Tür hinter sich schließen.

Draußen sitzt Kalli auf einem ausrangierten Kinosessel in der Sonne. »Hi, Jungs, was ist los? Jetzt sagt nicht, der Film ist schon wieder gerissen.«

»Nee, mit dem Film ist alles in Ordnung«, sagt Moritz, »da drin ist nur so 'n Spinner, der randaliert.«

»Echt? Na warte!« Kalli stürzt in den Kinosaal.

Kurz darauf beobachten Simon und Moritz aus sicherer Entfernung, wie Kalli diesen Robbi und seine Bergheimer Palme unsanft vor die Tür setzt.

VIER

Die Tauben vor dem Eiscafé am Neumarkt erinnern Simon an die Rabenkrähen beim Vorsprechen. Überall sind sie. Auf dem Gehweg, unter den Tischen, auf den Lehnen der freien Stühle. Manche flattern sogar hoch, bleiben fast in der Luft stehen und versuchen, den Leuten die Eiswaffeln aus der Hand zu stibitzen. Unglaublich.

»Und, verrätst du mir nun endlich, was es zu feiern gibt?«, fragt Moritz, nachdem der Kellner zwei riesige Portionen Spaghetti-Eis vor ihnen abgeladen hat.

Simon grinst. »Ich hab die Rolle. Arndt hat sich entschieden. Er wollte mich nicht bis morgen zappeln lassen. Ich spiele den Micha.«

»Echt?«

»Echt!« Simon zeigt Moritz die SMS.

»Mensch, Alter, das ist ... Hey, das ist voll geil. Gratuliere. Du hast es geschafft.«

»Wir haben es geschafft. Ohne dich hätte ich das Vorsprechen doch im Leben nicht so gut hingekriegt.«

»Also, wenn du den Micha so auf die Bretter bringst wie vorhin im Kino, kann gar nichts mehr schiefgehen. Kannst nur hoffen, dass dieser Robbi nicht irgendwann in der Vorstellung sitzt. Dann prügelt der dich glatt von der Bühne.«

»Zum Glück gehen solche Typen nicht ins Theater.«

»Stimmt! Auf jeden Fall hast du jetzt 'ne Menge Text auswendig zu lernen. Das sind doch bestimmt dreißig Seiten, oder?«

»Mindestens.«

»Darum beneide ich dich echt nicht, das kannste glauben. Aber du packst das schon.« Moritz macht sich über seinen Eisteller her und beginnt, über Arndt und das Stück *Die Spirale* zu quatschen. Er erzählt, wie Simon am besten an die Rolle rangehen sollte, um den Charakter überzeugend rüberzubringen.

Trotz der Freude geht Simon auf einmal voll die Muffe. In seiner Magengegend beginnt es zu grummeln. Schließlich wird er nicht irgendeine Rolle spielen, sondern die Hauptrolle. Klar, er hat sich nichts mehr gewünscht, als diese Rolle zu bekommen. Aber jetzt, wo er die Zusage hat, erscheint ihm die Aufgabe plötzlich so riesig, so gigantisch, dass er fast daran zweifelt, sie bewältigen zu können. Moritz hat recht, was für eine Textmenge! Wie soll er das alles in den Kopf kriegen? Simon spürt plötzlich so eine seltsame Leere. Wie ein Hohlraum, der langsam größer wird.

Und je größer er wird, desto leiser werden die Geräusche um ihn herum. Ganz allmählich werden sie ausgeblendet, bis schließlich gar nichts mehr zu hören ist. Die Welt um ihn herum verwandelt sich in einen Stummfilm. Er sieht, dass Moritz begeistert und gestikulierend auf ihn einredet, denn sein Mund geht auf und zu und seine Hände fuchteln in der Luft herum, aber er hört ihn nicht. Simon fühlt sich nicht nur hohl und leer, sondern auch so dünnhäutig und so porzellanig, dass er befürchtet, in tausend Stücke zu zerspringen, wenn ihn jetzt jemand berührt. Da sich mit dem Ausblenden der Geräusche auch die Bewegungen verlangsamen, passiert um ihn herum nun alles wie in Zeitlupe. Das ist auch gut so. Es ist beruhigend. Wenn die Dinge langsam auf einen zukommen, bleibt genug Zeit zum Ausweichen. Weniger beruhigend ist, dass er leicht zu frösteln beginnt, obwohl er in der Sonne sitzt. Was soll das? Wird er krank? Er schließt kurz die Augen. Als er sie wieder öffnet, ist plötzlich nichts mehr so, wie es einmal war. Die Welt hat sich verändert. Er sieht sie in einem ganz neuen Licht, denn er sieht *SIE*. Sandra Bullock in jung – richtig jung. Also nicht viel älter als er.

Unfassbar. So etwas Unglaubliches hat Simon noch nie zu Gesicht bekommen. Sandra kommt direkt auf ihn zu und scheint auf der Suche nach einem freien Tisch zu sein. Sie trägt kurze Jeans, Flip-Flops, ein knappes T-Shirt, Sonnenbrille und eine knallrote Schirmmütze. Wie eine Löwenmähne quillt ihr dunkles, welliges Haar unter der Mütze hervor und fällt ihr auf die Schultern. Gut, er hat schon viele Mädchen mit Jeans, T-Shirt und Schirmmütze gesehen, aber keine war wie diese. Nicht einmal annähernd. Diese hier ist eine absolute Ausnahmeerscheinung. Das Besondere an diesem Mädchen ist, dass um sie herum alles hell erstrahlt. Wie bei einem Star, wie bei Sandra Bullock. Ihr Blick ist auf einen unsichtbaren Horizont gerichtet und sie lächelt den zu dieser Tageszeit ebenfalls unsichtbaren Sternen zu. Außerdem ist da diese Sehnsucht in ihrem Blick. Und nicht nur das. Unter ihrer Mütze befindet sich so etwas wie ein Heiligenschein. Das weiß er. Er weiß zwar nicht, woher er das weiß, aber dass er es weiß. Und das ist es, was ihn zu einem unsagbar dämlichen Grinsen veranlasst. Das Verrückte ist: Er spürt genau, dass er unsagbar dämlich grinst, ist aber nicht in der Lage, irgendetwas dagegen zu tun. Ja, dieses Mädchen ist eine Erscheinung. Sie ist etwas Einmaliges. Simon sieht zu Moritz rüber. Obwohl sein Freund mit dem Rücken zu dem Mädchen sitzt, das sich noch immer im Zeitlupentempo nähert, ist Simon sicher, dass auch Moritz etwas spüren muss. Aber der scheint eher besorgt zu sein. Jedenfalls sind da diese zwei senkrechten Furchen zwischen seinen Augen. Das bedeutet, dass ihn etwas beschäftigt. Aber was könnte das sein? Sein Eis hat er längst ausgelöffelt. Vielleicht überlegt er, ob er noch etwas bestellen soll.

Die Erscheinung ist angekommen. Fasziniert schaut Simon zu, wie sie sich an einen Tisch schräg gegenüber setzt, dem Kellner winkt, etwas bestellt, lächelt, einen Stift und einen Block aus ihrer Umhängetasche kramt, ein Getränk mit Eiswürfeln und Zitronenscheibe serviert bekommt und beginnt, etwas zu notieren. Sie schreibt und schreibt und schreibt. Und ganz allmählich füllt sie den Hohlraum in Simons

Innerem aus. Und je mehr sie diesen Hohlraum füllt, desto mehr lässt die Zeitlupe nach, und die Bewegungen um ihn herum nehmen wieder zu. Sie schreibt weiter, bestellt ein zweites Getränk und schreibt und schreibt. Auch der Ton wird wieder eingeblendet. Erst leise, dann ganz allmählich lauter, bis die Welt wieder so ist, wie er sie kennt. Na ja, fast. Jetzt ist die Welt um eine Erscheinung reicher.

»Hey, Alter, hörst du mir überhaupt zu?«

»Was?« Simon schaut seinen Freund an, als wäre er total überrascht, ihn hier zu sehen.

»Ob du mir überhaupt zuhörst, hab ich gefragt.«

»Klar! Wieso denn nicht?«

»Weil du mir nicht antwortest?«

»Hab ich doch.«

»Okay, was hab ich denn gesagt?«

»Ob ich dir zuhöre.«

»Und davor?«

»Was?«

»Weißt du noch, was ich davor gesagt habe?«

»Na klar.«

»Was denn?«

»Na ja, wie ich die Rolle am besten angehen soll, dass ich unbedingt …«

»Na toll, Alter«, sagt Moritz genervt, »das ist mir echt zu blöd. Das ist jetzt schon 'ne Ewigkeit her. Ich quatsch mir hier die Fresse fusselig und du tust so, als wär ich überhaupt nicht da. Du guckst mich an, als gäbe es mich gar nicht. Und wenn ich dir 'ne ernste Frage stelle, grinst du so dämlich wie Jack Nicholson in *Einer flog über das Kuckucksnest*. Als wäre ich der letzte Idiot. Was ist los mit dir? Willst du mich verarschen, oder was?«

»Nein, überhaupt nicht«, beeilt sich Simon zu sagen, der überrascht ist, dass die Zeit im Zeitlupentempo offensichtlich schneller vergeht als normal. Das ist ein echtes Phänomen. »Sorry, tut mir voll leid, aber mir war eben nicht ganz gut. Ich weiß auch nicht, ich bin eben irgendwie voll weggebeamt.«

»Das hab ich gemerkt.«

»Das war echt komisch, auf einmal war alles wie …« Simon verstummt, denn in diesem Moment blickt das Mädchen von seinem Schreibblock auf und schaut ihm direkt ins Gesicht. Zwei braune Augen sehen ihn an. Oh Mann, ihr Blick ist eine Mischung aus Zurückhaltung, Offenheit, flehender Sehnsucht und noch etwas, für das Simon keine Worte findet. Kurz: Das ist ein unvorstellbarer Blick. Ein Blick mit der Kraft eines Erdbebens, der Wirkung eines Stromaggregats. Quatsch, mit der Wirkung eines Hochspannungswerks.

Blitze zucken. Die Spannung springt über. Von einer Sekunde auf die andere steht Simon komplett unter Strom. Starkstrom. Es summt, knistert und brizzelt wie verrückt in seinem ganzen Körper. Wahrscheinlich stehen seine Haare jetzt vom Kopf ab und sein Gesicht flackert wie eine Glühbirne kurz vorm Durchbrennen. Er kommt sich vor wie eine Comicfigur, die mit feuchten Fingern in eine Steckdose geraten ist.

ACHTUNG! HOCHSPANNUNG! LEBENSGEFAHR!

Die Hitze steigt in ihm hoch. Sein Blut kommt in

Wallung. Gleich wird es den Siedepunkt erreicht haben, gleich wird es ihn auseinanderreißen.

Gerade rechtzeitig, kurz bevor Simon explodiert, senkt das Mädchen den Blick und widmet sich wieder dem Schreibblock.

»Wow!«, haucht Simon, der seinen Blick nicht von der Erscheinung nehmen kann.

Moritz dreht sich um. Er sieht das Mädchen, schaut wieder zu Simon und sagt: »Wie jetzt? Seh ich das richtig, wegen dem Rotkäppchen da bist du von einer Minute auf die andere komplett unzurechnungsfähig? Hallo!« Moritz fuchtelt mit den Händen vor Simons Gesicht herum.

»Hä, was ist?«

»Schon gut, hab verstanden. Du Wolf, sie Rotkäppchen. Na dann viel Erfolg. Ich bin dann mal weg. Ist mir echt zu blöd, dir beim Rotkäppchenanstarren zuzugucken.« Moritz steht auf. »Mach's gut.«

»Heh, wo willste denn hin? Warte doch mal.«

»Worauf?«

»Ja, äh … weiß auch nicht.«

»Eben! Also dann. Es bleibt dabei, du zahlst?« Moritz deutet auf seine Eisschüssel und drei leere Tassen.

»Klar«, sagt Simon und fragt sich, wann Moritz das alles bestellt und getrunken hat. Davon hat er gar nichts mitbekommen. Das wird ein Vermögen kosten.

»Ja, dann bis morgen. Mach's gut.«

»Ciao!«

FÜNF

Simon sieht seinem Freund hinterher, der schnell im Gewühl der Passanten verschwindet. Dann schaut er der Erscheinung, Sandra der Jüngeren, wieder beim Schreiben zu. Sie hat bestimmt schon zehn oder fünfzehn Blätter vollgekritzelt.

Was für ein Tag! Erst bekommt er seine Traumrolle, dann begegnet er IHR und die Welt um ihn herum verstummt und bewegt sich in Zeitlupe. Was sie wohl schreibt? Einen Brief vielleicht? So, wie sie ihn eben angesehen hat, mit diesem Hochspannungsblick, schreibt sie womöglich ihm. Aber klar, dass er da nicht gleich drauf gekommen ist. Immerhin hat sie sich absichtlich so hingesetzt, dass sie ihn im Blick hat. Das ist doch eindeutig so gewollt. Ganz bestimmt sogar. Möglich, dass sie ihm irgendwas sagen will. Etwas Wichtiges. Genau! Und weil sie sich nicht traut ihn anzusprechen oder weil sie sich schriftlich besser ausdrücken kann, schreibt sie ihm. So wird es sein. Unsinn, sie sieht überhaupt nicht so aus, als wäre sie auf den Mund gefallen. Aber warum spricht sie ihn nicht einfach an? Warum schreibt sie stattdessen ein Blatt nach dem anderen voll? Dafür gibt es nur eine Erklärung: Sie kann nicht sprechen.

Logisch. Sie ist von Geburt an stumm. Simon ist beeindruckt, wie gelassen sie mit ihrem Schicksal umgeht. Obwohl sie nicht reden kann, hat sie eine total positive Ausstrahlung. Klar, sie würde gerne mit ihm sprechen, aber es geht nicht. Deshalb schreibt sie alles auf, was sie ihm zu sagen hat. Oh Mann, sie hat ihm ganz schön viel zu sagen. Nachher wird sie aufstehen, ihm lächelnd die Blätter auf den Tisch legen und gehen. Natürlich wird sie, damit er sie auch finden kann, nicht vergessen, ihre Adresse zu notieren.

Und er wird zu ihr gehen und ihr sagen, dass er ihre Zuneigung, ihre Liebe erwidert. Denn was sonst als einen Liebesbrief kann sie gerade schreiben? Er wird ihr sagen, dass sie sich keine Sorgen machen muss. Auch wenn sie stumm ist und er nie ihre Stimme hören kann, wird er sie lieben. Er wird Karriere als Schauspieler machen. Sie werden heiraten und sie werden zusammen um die Welt reisen. Sie wird Bücher, Theaterstücke und Drehbücher schreiben und er wird die Hauptrollen spielen. Sie werden zusammen Autogramme geben und gemeinsam bei der Oscar-Verleihung Tränen vergießen und ihren Eltern, Freunden und Gott für die Trophäe danken.

Es ist unglaublich. Bis heute hat sich Simon nicht die Bohne für Mädchen interessiert und jetzt ist er so gut wie verheiratet und wird schon bald für den Oscar nominiert. Er ist fasziniert. Es ist, als würde das Leben jetzt auf die Tube drücken, Fahrt aufnehmen und die Tachonadel bis zum Anschlag treiben. Was für ein Gefühl. Auf einmal erlebt er sich so reif, so erwachsen, ja geradezu weise wie noch nie. Das Älterwerden hat durchaus seine Vorteile. Die Welt und die stumme Schönheit haben auf ihn gewartet. Sie sitzt noch immer da und schreibt an dem Brief. Und das Verrückte ist: Er kann es kaum erwarten, ihn zu lesen. Heute ist sein Tag und er ist zu allem bereit. Am liebsten würde er sich selbst umarmen. Nein, die ganze Welt. Am liebsten würde er …

Aber halt! Moment mal! Hat sie nicht vorhin beim Kellner etwas bestellt? Na klar! Hat sie da gesprochen? Er weiß es nicht. Er war auf seinem Zeitlupentrip ohne Ton. Ist er womöglich mal wieder auf einen seiner Tagträume reingefallen? Schnell vergewissert er sich, dass die Jeans, das T-Shirt, die Turnschuhe und das Mädchen, das drinsteckt, tatsächlich real sind. Sie sind es. Jetzt zahlt sie und sagt zum Kellner: »Stimmt so!«

Stimmt so. Sie kann sprechen. *Stimmt so.* Und wie sie sprechen kann. *Stimmt so.* Simon ist begeistert. Was für eine Stimme. Engelsgleich. *Stimmt so.* Die Stimme passt hundertprozentig zu dem Heiligenschein unter ihrer Mütze. *Stimmt so.* Berauscht schaut er zu, wie sie aufsteht und ihre Blätter zusammensammelt. Jetzt wird sie zu ihm kommen und ihm den Stapel hinlegen.

Tut sie aber nicht. Was ist los? Kein Liebesbrief? Sie geht in Richtung Straßenbahnhaltestelle. Herausfordernd drängen sich ihre Pobacken an die Nähte ihrer Jeans. Nichts wie hinterher! Er darf sie nicht verlieren. Simon steht auf und will ihr folgen. Er muss unbedingt herausfinden, wo sie wohnt.

»Moment, junger Mann!«

»Hä?« Simon dreht sich um. Vor ihm steht grinsend der Kellner mit seinem dunklen gegelten Haar. »Haben wir nicht eine Kleinigkeit vergessen?«, fragt er in einem arroganten Ton.

»Vergessen? Nö!« Simon glaubt es nicht. Was will der Kerl von ihm? Er hat jetzt keine Zeit für überflüssige Plaudereien. Er muss das Mädchen im Blick behalten. Sie hat die Haltestelle erreicht.

»Ganz sicher?«

»Logisch, was soll ich denn vergessen haben?«

»Da sprach der Scheich zum Emir: Jetzt zahlen wir und dann gehen wir. Der Emir sprach zum Scheich: Zahlen wir später, gehen wir gleich!«

»Was ist los?« Spinnt der? Jetzt fängt der auch noch an, Gedichte vorzutragen.

»Was ich damit sagen will, ist Folgendes: Hier ist es durchaus üblich, sich nach der Gesamtsumme seiner Verbindlichkeiten zu erkundigen und die auch zu begleichen, bevor man geht.«

Ach ja, daran hatte er gar nicht mehr gedacht. Wie peinlich. »Oh sorry, ich hatte …«

»… nur Augen für sie«, ergänzt der Kellner und deutet mit der Stirn in Richtung Haltestelle, während Simon in seinen Taschen herumkramt. »War nicht zu übersehen. Wenn es einen internationalen Wettbewerb für *Auffälliges Anstarren* gäbe, würde ich sagen: Erster Platz! Mit Abstand! Kann ich aber verstehen. Die Kleine ist absolut hochkarätiger Naschkram.«

Der hat sie nicht mehr alle, denkt Simon. Wenn überhaupt, habe ich ab und zu unauffällig zu ihr hin-

gesehen. Aber das ist jetzt egal. Er sieht die Straßenbahn kommen. Panisch fingert er einen Schein aus der Hosentasche, gibt ihn dem Kellner und sagt: »Stimmt so!« Dann will er losrennen.

»Wohl kaum«, sagt der Kellner. »Damit kommen wir nicht hin.«

»Was?« Simon steht der Schweiß auf der Stirn. Die Bahn hält. Das Mädchen wirft etwas in den Papierkorb und steigt ein. Er drückt dem Kellner noch einen Schein in die Hand. »Reicht das?«

»Das ist mehr als genug, da gibt's sogar noch was raus.« Aber das hört Simon nicht mehr. Er sprintet los, rennt bei Rot über die Straße, sorgt für quietschende Bremsen, einen Beinaheauffahrunfall und ein anschließendes Hupkonzert. Er erreicht die Bahn in dem Moment, als sich die Türen schließen. Panisch drückt Simon auf den Knopf einer Tür, um sie nochmals zu öffnen. Doch es tut sich nichts. Hektisch winkt er dem Straßenbahnfahrer über den Rückspiegel zu. Doch der grinst nur arrogant. Dann setzt sich die Bahn langsam in Bewegung. So ein Arschloch. Hilflos sieht er ihr nach und hat das Gefühl, die Verzweiflung zerfetzt gerade seine Innereien.

Dann fällt ihm ein, dass das Mädchen etwas in den Papierkorb gestopft hat. Er geht hin und findet die vollgeschriebenen Blätter. Oh Mann, was für eine Handschrift. So eine edle geschwungene Schrift hat Simon noch nie gesehen. Es ist kein Liebesbrief. Auf dem ersten Blatt steht die Überschrift: *Heißer Stoff!*

SECHS

Irgendwer hat oben in der Wohnung die Stereoanlage bis zum Anschlag aufgedreht. Bereits im Treppenhaus sind die wummernden Bässe zu hören. Simon steigt die Treppe in den zweiten Stock hinauf. Als er die Tür aufschließt, dröhnt ihm Ike und Tina Turners *Nutbush City Limits* entgegen. Das Lieblingslied seiner Eltern. Sie haben sich auf einer Oldieparty kennengelernt und sich bei dem Song das erste Mal geküsst, sagen sie. Simon vermutet aber, dass an dem Tag mehr passiert ist als nur küssen.

Er überlegt. Hat er einen Geburtstag vergessen? Eindeutig nein. Haben sie heute Hochzeitstag? Nein! Seine Hauptrolle werden sie auch nicht feiern, davon wissen sie schließlich noch nichts. Was zum Teufel geht hier vor? Vielleicht haben sie im Lotto gewonnen. Nee, das kann auch nicht sein. Sie tippen nicht. Papa sagt, bei einer Chance von eins zu hundertvierzig Millionen ist das rausgeschmissenes Geld. Aber Mama füllt heimlich, ein- oder zweimal im Jahr, wenn gerade mal wieder Zigmillionen im Jackpot sind, einen Schein aus. Mit dem Gewinn will sie Papa dann überraschen. Als Simon ins Wohnzimmer kommt, ist er überzeugt davon, dass ihr das gelungen ist.

Mit einer Flasche Sekt in der Hand tanzt sie auf dem Tisch herum. Am helllichten Tag spielen die Striptease-Bar, denkt Simon. Mama zieht lasziv den Saum ihres kurzen schwarzen Kleides mit dem tiefen Ausschnitt nach oben. Sie sieht echt klasse aus für ihr Alter, findet Simon. Immerhin ist sie schon uralt. Einundvierzig Jahre. Papa hampelt albern vor ihr herum und klatscht in die Hände. Wie es aussieht, muss es sich um einen Riesengewinn handeln. Anders kann Simon sich all das nicht erklären. Normalerweise stellt sich Papa voll an, wenn es um den Tisch im Wohnzimmer geht, der, wie er häufig betont, ein Designerstück ist und ein Vermögen gekostet hat. Simon darf seine Tasse oder sein Glas nie auf der Tischplatte abstellen. Er muss was drunterlegen, damit es keinen Rand gibt. Wenn Papa mal eine kleine Schramme entdeckt, macht er immer gleich eine Riesenwelle.

Und jetzt das. Mama tanzt mit Pfennigabsätzen darauf herum und Papa lässt das zu. Ja, er scheint sich sogar darüber zu freuen. Das bedeutet, der Gewinn muss mindestens so hoch sein, dass ein neuer Tisch drin ist.

»Nutbush City Limits!«, kreischt Mama jetzt laut mit und Papa dackelt wie eine Ente durch den Raum. Dann bleibt er vor dem Tisch stehen, schaut zu Mama hoch und spitzt den Mund. Mama beugt sich zu Papa runter, um ihm einen Kuss zu geben, aber beim Herunterbeugen neigt sich auch die Flasche und der Damensprudel, wie Papa den Sekt manchmal bezeichnet, landet auf seinem Hemd. Das ist das Ende der Party.

»Scheiße«, flucht Papa.

»Ist doch nur Sekt«, ruft Mama. »Stell dich nicht so an.«

»Aber das klebt.«

»Na und?« Mama setzt die Sektflasche an den Mund und nimmt einen Schluck. Dann ist das Stück zu Ende und Simon kommt endlich dazu, sich zu erkundigen, wie hoch der Lottogewinn ausgefallen ist.

»Wie kommst du denn auf Lottogewinn?«, fragt Papa. »Du weißt doch, dass wir nicht tippen. Bei einer Chance von eins zu hundertvierzig Millionen ist das rausgeschmissenes Geld.«

Mama zwinkert Simon zu, während sie vom Tisch klettert.

»Was feiert ihr denn sonst?«, will Simon wissen.

»Das kann Mama dir erzählen, ich zieh mir erst mal ein trockenes Hemd an.«

Kaum hat Papa den Raum verlassen, setzt Mama noch einmal die Sektflasche an und sagt: »Es ist fantastisch. Es ist fast besser als ein Lottogewinn. Es ist … ja … einfach wunderbar.«

»Was denn?«, drängelt Simon.

»Papa hat einen ganz dicken Fisch an Land gezogen«, strahlt Mama. »Er hat einen Riesenauftrag für eine bayrische Nudelfirma. Er soll die Verpackungen für alle Nudelprodukte neu entwerfen und der Firma ein moderneres Image verpassen. Das ist Arbeit für gut zwei Jahre. Was sagst du nun?«

Simon weiß nicht, was er sagen soll. Dieser Tag hat es echt in sich. Unglaublich. Er ist wieder einmal verblüfft, wie schnell sich Dinge ändern können, wie schnell das Leben einfach so kippt und Überraschungen parat hält.

Vor ein paar Tagen sah die Welt noch ganz düster aus.

So düster, wie sie Arndt oft in seinen Stücken beschreibt, mit Rabenkrähen und Dunkelheit. Simon wachte nachts auf, weil irgendetwas nicht stimmte. Etwas fühlte sich nicht richtig an. Erst dachte er, dass ihn vielleicht ein Traum erschreckt und geweckt hatte, aber dann hörte er deutlich Stimmen. Was war da los? Seine Uhr zeigte 02:42. Um diese Zeit war es normalerweise totenstill in der Wohnung. Manchmal ging leise die Badezimmertür, weil Papa oder Mama noch mal rausmussten. Von draußen war höchstens mal der Wind oder ein vorbeifahrendes Auto zu hören. Sonst nichts. In dieser Nacht aber war es anders. In dieser Nacht hörte er Stimmen. Und es war eindeutig kein Traum. Simon war hellwach. Er konnte geradezu spüren, wie das Adrenalin durch seine Adern jagte. Da waren welche in der Wohnung. Er hörte sie flüstern, konnte aber kein Wort verstehen. Es bestand nicht der geringste Zweifel. Das waren mehrere Personen. Einbrecher. Mörder. Na klar! Was denn sonst? Simon spürte, wie sich jeder Muskel bis aufs Äußerste anspannte. Wie gelähmt lag er da. Was konnte er tun? Fremde in der Wohnung. Was hatten die vor? Waren sie bewaffnet? Bestimmt waren sie das. Ein Schweißfilm bildete sich auf seiner Stirn. Ein dringendes Bedürfnis löste ihn aus seiner Starre. Er musste pinkeln. Mist, die standen da draußen auf dem Flur und sprachen ab, wer in welches Zimmer stürmen sollte, und er musste mal – und wie. Gleich würde seine Tür aufgestoßen und das Feuer auf ihn eröffnet. Gleichzeitig würde ein anderer seine Eltern niedermetzeln. Eine Szene aus dem Film *Der Pate* kam ihm in den Sinn, den er mit Moritz auf DVD gesehen hatte. Da hatten sie Sonny, den ältesten Sohn des Paten Don Corleone, mit dem Auto in eine Falle gelockt und mit Schnellfeuerwaffen komplett durchsiebt. Das war kein schöner Anblick. Genau dieses Schicksal stand nun auch ihm bevor. Sie würden kurzen Prozess mit ihm machen. Gar keine Frage. Zeugen mussten beseitigt werden, das war doch klar. Er hatte keine Chance. Außer vielleicht, wenn er sich schlafend stellte. Warum sollten sie einen erschießen, der schlief? Warum sollten sie ihm etwas antun, wenn er sie gar nicht zu Gesicht bekam? Wieder hörte er die Stimmen. Es waren mindestens zwei. Ein Mann und eine Frau. Wieder dieses Flüstern. Gleich würde es losgehen. Simon schloss die Augen und versuchte so zu tun, als schliefe er. Es blieb bei dem Versuch. Der Gedanke, dass gleich jemand mit einer Maschinenpistole in der Hand in sein Zimmer stürmen würde, ließ ihn zittern. Außerdem war der Druck auf seine Blase so groß, dass er nicht ruhig liegen bleiben konnte. So ging es nicht. Er war geliefert. Das stand fest. Nichts wie weg hier! Doch der einzige Fluchtweg war der durch das Fenster. Allerdings ging es da zwei Stockwerke abwärts. Konnte man das überleben? Vielleicht. Aber zu welchem Preis? Den Rest seines Lebens würde er vielleicht im Rollstuhl oder in der Klapsmühle verbringen. Womöglich beides. Das konnte er vergessen. Also zitterte er sich, so geräuschlos es eben ging, aus dem Bett und robbte zur Tür, um zu lauschen. Dabei stieß er eine leere Saftflasche um. Der Versuch, sie aufzufangen, misslang und sie kippte auf den Fußboden. Trotz des Teppichs kam ihm das Geräusch so laut vor wie eine Explosion. Er umklammerte die Flasche und hielt die Luft an. Nichts war zu hören. Die Stimmen waren verstummt. Ob sie ihn bemerkt hatten? Bestimmt hatten sie das. Vielleicht hat sie das Geräusch aber auch in die Flucht getrieben. Nein, die Stimmen waren wieder da. Simon hielt es nicht mehr aus. Der Druck auf seine Blase war so groß, dass er nicht mehr klar denken konnte. Wenn er nicht sofort etwas unternahm, würde er sich gleich vollmachen wie ein Kleinkind. Die leere Saftflasche war die Lösung. So leise wie möglich pinkelte er hinein. Was für eine Erleichterung. Allerdings war es ein unangenehmes Gefühl, als sich die Flasche in seiner Hand langsam erwärmte. Aber jetzt konnte er wenigstens wieder klarer denken. Er schlich zur Tür, lauschte und ihm donnerte ein ganzer Steinbruch vom Herzen. Die Stimmen kannte er. Von wegen Einbrecher. Das waren Papa und Mama.

Einerseits war er so erleichtert, dass es sich anfühlte, als schwebe er zehn Zentimeter über dem Boden, andererseits machte er sich Sorgen. Wenn seine Eltern um diese Zeit noch diskutierten, hieß das, da wurden Probleme gewälzt. Richtige Probleme. Kein Kleinkram. Wenn sie mitten in der Woche bis in die

Nacht am Tisch saßen und diskutierten, war es was Ernstes. Zwei Mal hatte er das erlebt. Das erste Mal saßen sie bis in den frühen Morgen in der Küche, weil bei Papa irgendeine schlimme Krankheit entdeckt worden war, was sich hinterher aber als Irrtum herausstellte. Das zweite Mal hatte Mama einen Mann kennengelernt, auf den Papa tierisch eifersüchtig war. In beiden Fällen saßen sie bis morgens in der Küche. Im ersten traurig, im zweiten wütend.

Und jetzt, was war jetzt los? Simon legte ein Ohr an die Tür und versuchte mitzukriegen, worüber sie sprachen. Das, was er mitbekam, gefiel ihm gar nicht. Zuerst meinte er, so etwas wie umziehen verstanden zu haben, dann fiel sein Name. Als Mama schließlich zu weinen anfing, war er in die Küche gegangen und wollte wissen, was los war. Zuerst drucksten die beiden herum, aber dann rückten sie damit raus. Sie dachten darüber nach, wie Papa an neue Aufträge kommen konnte. Seine Ein-Mann-Werbeagentur lief so miserabel, dass sie ernsthaft überlegten, eine kleinere, günstigere Wohnung zu suchen.

Das war voll der Hammer. Hilflos schaute Simon von einem zum anderen. Denn das bedeutete ja: weg aus der Südstadt und vielleicht sogar einen Schulwechsel. Beides wollte er auf gar keinen Fall. Doch Mamas Geld, das sie als Verkäuferin in der Bäckerei eines Supermarktes verdiente, reichte nicht einmal, um all die Rechnungen zu begleichen, die sich auf dem Tischchen im Flur stapelten.

»Mach dir keine Sorgen. Uns fällt schon was ein«,

sagte Papa mit gespielter Fröhlichkeit. »Ganz bestimmt!« Er nickte Simon aufmunternd zu. Hoffentlich hatte Papa recht.

»Und, krieg ich denn auch einen Schluck?« Papa deutete auf die Saftflasche.

»Was?« Entsetzt schaute Simon auf die Flasche in seiner Hand.

»Ob ich einen Schluck abbekomme, Partner?«

»Ja ... äh ... nee, besser nicht, zu ... äh ... alt, ist nicht mehr gut«, stotterte er und sah zu, dass er wieder in sein Zimmer kam.

Das war erst ein paar Tage her. Und jetzt löst sich der ganze Schlamassel einfach auf. Ein Riesenauftrag und Arbeit für fast zwei Jahre, klingt doch echt super. Wieder einmal ist Simon vom Lauf der Dinge schwer beeindruckt. Heute ist sein Glückstag. Gar keine Frage. Er hat die Hauptrolle in Arndts Stück. Papas Firma ist vorerst aus dem Schneider. Und er ist einem Mädchen mit Heiligenschein unter der Mütze begegnet, das er unbedingt wiedersehen muss.

»Und, was sagst du zu den Neuigkeiten?«, will Papa wissen, als er zurückkommt und sein frisches Hemd zuknöpft.

»Voll geil«, strahlt Simon. »Ich hab auch eine Neuigkeit.«

»Die kannst du uns beim Italiener erzählen«, sagt Papa. »Ich lade euch ein.«

»Super!«, ruft Mama und legt noch einmal *Nutbush City Limits* auf.

SIEBEN

Wie abgefahren ist das denn? Simon lässt Sandras Text, den er am Nachmittag aus dem Papierkorb gefischt hat, auf seine Bettdecke sinken.

Abgefüllt mit Pizza, Tiramisu und Cola liegt er jetzt im Bett. Irgendwo in der Wohnung hört er Papa und Mama kichern und rumalbern. So wie die drauf sind, wird es nicht mehr lange dauern, bis es im Schlafzimmer zur Sache geht.

Eins ist klar: An Schlaf ist nicht zu denken. Wegen des verrückten Tages ist er ganz aufgekratzt. Das Mädchen aus dem Straßencafé geht ihm nicht mehr aus dem Kopf. Schon gar nicht, nachdem er ihren Text gelesen hat. Obwohl er nicht gerade die Superleuchte in Deutsch ist (er macht hinter jedem Wort ein Komma oder gar keins und geschliffene Formulierungen liegen ihm auch nicht), erkennt er sofort, dass es sich in diesem Fall um ein Genie handelt. Ja, Sandra ist ein Genie. Das merkt sogar er. Sie ist eine Poetin. Eine richtige Dichterin. Sie kann mit Worten zaubern. Dass so was geht, ist ihm neu. Klar, im Kino und Theater funktioniert so was. Da spielen ja auch richtige Menschen auf der Leinwand oder der Bühne. Menschen, die reden, sich streiten, sich prügeln oder gegenseitig abknallen. Da schaut und hört man zu. Und Leute wie beispielsweise Arndt schreiben auch echt geile Theaterstücke, aber es ist doch ein Riesenunterschied, ob man den Text liest oder hinterher das fertige Stück sieht. Da liegen Welten zwischen. Das kann man gar nicht vergleichen. Und die Bücher, die sie in der Schule lesen müssen, sind voll öde. Aber das hier ist der Wahnsinn. Diese Sätze haben es in sich. Sie lösen etwas aus, das Simon nicht beschreiben kann. So etwas ist ihm neu. Vielleicht liegt es ja daran, dass er selten liest. Oder daran, dass ihn Sandra so fasziniert. Simon versteht nicht, warum sie die Blätter weggeworfen hat. So etwas muss doch gedruckt werden. So etwas gehört doch zwischen zwei Buchdeckel oder in eine Zeitschrift, aber keinesfalls in den Papierkorb. Außerdem könnte man das auch verfilmen oder ein Stück draus machen. Er ist sicher, heute einer zukünftigen Nobelpreisträgerin für Literatur begegnet zu sein. In einigen Jahren wird sie nicht nur eine der bedeutendsten deutschsprachigen Schriftstellerinnen sein, sondern auch seine Frau. Und er selbst wird sich zu einem berühmten Schauspieler entwickelt haben. Zusammen werden sie so viel Geld verdienen, dass sie nie bis morgens um zwei in der Küche sitzen und sich Sorgen machen müssen.

Mama und Papa waren total begeistert, als er ihnen erzählte, dass er die Hauptrolle bekommen hat. Papa hat es besonders gut gefallen, dass seine langen Haare für das Stück dran glauben müssen. Von Sandra hat Simon aber nichts gesagt. Das hat Zeit, bis er weiß, wie sie wirklich heißt. Simon liest den Text noch einmal.

Heißer Stoff

So etwas ist Maria noch nie passiert, nicht mit einem Glas. Sie spürte zwar, dass es ihr entglitt, doch sie konnte nichts dagegen tun. Es gab kein Halten mehr.

Wie in Zeitlupe sieht sie das gerade geleerte Weinglas fallen. Es fällt und fällt und fällt; segelt, sich um sich selbst drehend, auf die Kacheln zu. Gleich wird es mit einem berstenden Geräusch in tausend Stücke zerspringen. Einem Geräusch, das nichts zu tun hat mit dem klaren Glockenklang kostbarer Weingläser, mit denen angestoßen wird auf eine gemeinsame Zukunft.

Mit Robert hat sie häufig angestoßen auf eine gemeinsame Zukunft – zu häufig. Robert ist ihr oft entglitten.

Wenn sie sich sahen, sperrten sie die störende restliche Welt aus und schafften sich eine Insel, die niemand sonst betreten durfte. Da konnten sie reden, lachen, lieben. Doch im Alltag entglitt er ihr.

Es kam die Zeit des Wartens, die sie sich mit Lesen, Fernsehen und Kino vertrieb. Anfangs musste sie lächeln, weil das Klischee, das sie selbst lebte, häufig im Film oder in Büchern auftauchte. Doch je mehr sich Robert mit Versprechen und Schwüren verausgabte, desto weniger hielt sie es aus. Sie schaltete den Fernseher ab, klappte das jeweilige Buch zu oder verließ fluchtartig das Kino, wenn da jemand mit dem Versprechen hingehalten wurde: ICH WERDE SIE VERLASSEN, ABER GIB MIR NOCH ETWAS ZEIT. *Es ist erschreckend, wie oft dieser oder ein ähnlicher Satz zu hören oder zu lesen war. Ein Satz, den Robert zwar bis heute nicht gesagt hat, aber vermutlich würde er ihn sagen, wenn …*

Mit einem lauten Klirren zerschellt das Glas. Für einen Moment sind alle Augen im Lokal auf Maria gerichtet. Fassungslos schaut sie auf die Scherben. Es ist, als läge da ihr Leben in Trümmern. Das Kostbarste, was sie besaß, hatte sie Robert ohne zu zögern gegeben, ihre Liebe und ihre Zeit. Und er? Alle Zeit der Welt hatte er gehabt. Genutzt hat er sie nicht.

Macht nichts, sagt die herbeigeeilte Bedienung lächelnd und fegt die Scherben auf.

Gut so, weg damit. Jetzt lächelt auch Maria. Das Leben bedarf des Reizes, der total unvorhersehbaren Reaktion, sonst erlischt es. Ihr Leben aber wird nicht erlöschen. Sie hat eine Entscheidung getroffen. Sie will Robert für sich oder diesen Satz hören – von ihm.

✶

Weil er die Befürchtung hatte, die Welt könnte sich Gedanken über ihn machen, die zutrafen, war es Bengel zur lieben Angewohnheit geworden, seinen Körper zu verlassen. Es waren ungerechtfertigte Bedenken, denn die Welt bekam ihn nie zu sehen. Er wuchs, angekettet wie ein Hund, in einer Erdhöhle auf, die sich auf dem riesigen Grundstück seiner Eltern befand. Zweimal täglich bekam er eine Mahlzeit und etwas Auslauf an einer langen Leine. Denn ohne

Leine verkroch er sich geschickt im Gestrüpp und musste mitunter tagelang gesucht werden. Jeden Samstag wurde er mit einem Wasserschlauch abgespritzt.

Bengel war kein Wunschkind. Er hatte eine seltsame blaugrüne Hautfarbe, war hässlich und runzelig. Die Eltern gaben ihn zur Adoption frei, aber niemand wollte ihn haben. Sie versuchten, ihn zu verschenken – vergeblich. Einem Versuchslabor überlassen wollten sie ihn jedoch nicht. Also kam er in den Garten und bekam nie einen Namen. Für seine Eltern war er einfach nur der Bengel.

Die Fähigkeit, seinen Körper zu verlassen, entdeckte er im Alter von vierzehn Jahren in einem Zustand von nicht mehr wach und noch nicht eingeschlafen sein. Er genoss es sehr, diesen geschundenen Leib zu verlassen, denn dann spürte er weder Schmerz noch Hitze oder Kälte und war frei. Er fand heraus, dass er in Sekundenschnelle große Entfernungen zurücklegen konnte. Doch zunächst begab er sich in das Haus seiner Eltern und war überrascht von deren Welt, die seltsam roch und seltsam aussah. Ja, er konnte sehen, riechen und hören.

Als er älter und kräftiger wurde, näherten sich ihm seine Eltern nur mit größter Vorsicht und die Ketten wurden durch massivere ersetzt. Das alles störte ihn wenig, ihm war durchaus klar geworden, wie anders er war, wie hässlich, unansehnlich, ja abschreckend er auf andere Menschen wirken musste. Er wusste, sein verdreckter und verschorfter Körper, der nie ein Kleidungsstück getragen hatte, würde diesen Gar-

ten, diese Höhle nie verlassen. Doch aufgrund seiner Fähigkeit war ihm das egal. Bis er im Alter von dreiundzwanzig Jahren in einem Kino einer Frau begegnete, die am Schluss des Filmes hemmungslos zu weinen begann. Sie konnte nicht ahnen, dass sie sich unwiderruflich in das Herz eines jungen Mannes weinte, das einige Kilometer entfernt in einem Erdloch schlug.

Von nun an begab sich Bengel nur noch zu den Mahlzeiten und an den Säuberungstagen zurück in seinen Körper. Ansonsten hielt er sich fast ausschließlich in der Nähe dieser Frau auf. Ihre Gegenwart verschaffte ihm ein ungeahntes Glücksgefühl. Manchmal, wenn sie nackt vor einem Spiegel stand und er ihr, aus dem unwiderstehlichen Bedürfnis heraus, sie zu berühren, so nah kam wie irgend möglich, hatte er den Eindruck, sie spürte, dass sie nicht allein war. Dann hielt sie plötzlich inne, bedeckte ihre Brüste und schaute unsicher suchend im Raum umher. In solchen Situationen entschuldigte sich Bengel im Stillen und zog sich beschämt, aber trotzdem glücklich zurück.

Doch sein kleines Glück sollte nicht von Dauer sein. Eines Tages verliebte sich die Frau nämlich in einen Mann. In einen mit gesunden Zähnen, gepflegtem Haar und einer glatten Haut ohne Pusteln und Runzeln. Die Hilflosigkeit trieb Bengel zurück in seinen Körper. Dort wand er sich in den Ketten bis aufs Blut und schrie seinen Schmerz heraus.

✶

Da kriecht der erste Sonnenstrahl ins Zimmer und legt ein warmes bronzenes Licht auf den Körper des Mannes. Elisabeth betrachtet ihn lächelnd. Sie ist zufrieden. Es ist ihr Mann. Seit einigen Jahren schon ist es ihr Mann. Und das soll er auch bleiben. Sie war wieder gut diese Nacht. Auch ihr Hunger ist gestillt. Die Liebesnacht war lang. Dafür hat sie gesorgt. Dafür sorgt sie immer. Wenn schon, denn schon. Sie treibt es immer bis zur Erschöpfung mit ihm, bis zu seiner Erschöpfung. Denn erschöpfte Männer laufen einem nicht weg. Erschöpfte Männer haben keine anderen Frauen. Erschöpfte Männer interessieren sich nicht für die Jüngeren, die Schöneren. Erschöpften Männern fehlt die Neugier. Die Gier auf das Neue. Ja, diese Gier ist vermeidbar, und sie weiß, wie das geht. Ein bestimmter Blick zum richtigen Zeitpunkt kann Wunder wirken. Und für Wunder ist sie zuständig. Nein, dieser hier wird ihr nicht davonlaufen wie all die anderen. Dieser nicht. Fünf Jahre teilen sie nun das Bett und noch kein einziges Mal hat er einer anderen nachgeschaut. Selbst auf seinen Geschäftsreisen nicht. Da ist sie ganz sicher. Dieser hier ist treu. Ganz sicher.

Draußen hält ein Auto. Eine Tür wird zugeschlagen. Schritte auf dem Gehweg. Es sind die Schritte einer Frau. Es klingelt. Elisabeth schaut auf die Uhr. Kurz vor fünf. Es muss sich um etwas Wichtiges handeln um diese Uhrzeit. Sie zieht den Morgenmantel über, geht zur Tür, öffnet. Da steht eine Fremde. Sie sagt: »Bitte entschuldigen Sie die frühe Störung. Mein Name ist Maria, ich möchte Ihren Mann abho-

len. Wir lieben uns. Er wird Sie jetzt verlassen und mit mir gehen oder er wird diesen verdammten Satz sagen.«

Elisabeth ist sprachlos, sie glaubt zu träumen. Hier steht eine Verrückte vor ihr. Ganz ohne Zweifel handelt es sich hier um eine Verrückte. Sie hört sich rufen: »Robert, hier ist jemand für dich! Besuch. Eine Frau. Maria. Kennst du eine Maria, Robert? Du kennst doch keine Maria ...«

Irgendwo im Haus geht eine Tür. Die Frauen stehen sich schweigend gegenüber. Eine kleine Ewigkeit vergeht. Im Haus regt sich verdächtig lange nichts.

Robert!

Auch auf ihr erneutes Rufen keine Reaktion. Elisabeth wird unruhig. Geht ins Bad. Maria folgt ihr. Die Fenster sind geöffnet. Die Vorhänge wehen im Wind. Keine Spur von Robert.

Elisabeth kocht Kaffee. Fröstelt. Die Frauen sitzen am Tisch und warten zwei oder drei Stunden. Dann sagt Elisabeth: Er kommt nicht mehr. Ich kenne das. Glauben Sie mir, ich kenne das.

Maria glaubt ihr und verabschiedet sich. Sie spürt keine Trauer, keinen Schmerz, nicht einmal Mitleid mit diesem Mann. Sie setzt sich ins Auto. Atmet tief durch, und da ist es wieder, dieses Gefühl, nicht allein zu sein. Sie vergewissert sich, blickt in den Rückspiegel, dreht sich um. Natürlich ist da niemand – glaubt sie.

Doch wenn Bengel einen Körper hätte, würde sie ihn jetzt lächeln sehen.

Wahnsinn! Da muss man erst mal drauf kommen. Drei kleine Geschichten, die dann zu einer werden. Als Stück wäre es ganz klar ein Dreiakter. Oh Mann, so kann nur ein Genie schreiben. Wenn er da an seine Aufsätze denkt: Auweia!

Als bei Papa und Mama im Schlafzimmer endlich Ruhe einkehrt, schließt er die Augen und denkt an Sandra, das Mädchen mit der roten Schirmmütze und dem Heiligenschein drunter. Er weiß auch schon, wie seine zweite Frage lautet, die er Sandra stellen wird, wenn er sie endlich gefunden hat. Nämlich: Warum heißt die Story eigentlich *Heißer Stoff*?

Die erste Frage wird wohl eher in Richtung Heiratsantrag tendieren.

ACHT

Erwartungsvoll sieht Simon Moritz an. »Und, was meinst du?«, fragt er, als Moritz ihm den Text zurückgibt. Sie warten vor der Aula auf Arndt und die anderen. Heute soll der Zeitplan für das Theaterstück *Die Spirale* abgesteckt werden. Zum Glück ist Moritz nicht mehr sauer.

»Na ja, weiß nicht. Was soll ich dazu sagen? Den Titel verstehe ich gar nicht. Warum heißt die Geschichte *Heißer Stoff?*«

»Woher soll ich das denn wissen? Keine Ahnung!«

»Ansonsten klingt mir das einfach zu opamäßig, wenn du weißt, was ich meine«, sagt Moritz. »Aber gar nicht so schlecht, besonders der Teil mit Bengel.«

»Gar nicht schlecht? Das ist voll der Wahnsinn, Alter!« Simon kann es nicht fassen. Gar nicht schlecht. Was ist denn das für eine bescheuerte Aussage?

»Na ja, man merkt eben nicht, dass das ein Mädchen geschrieben hat.«

»Na und? Bei Arndts Theaterstücken merkt man doch auch nicht, dass die ein Lehrer geschrieben hat.«

»Schon, aber irgendwie kann ich es nicht ab, wenn Minderjährige so tun, als hätten sie die Weisheit mit Löffeln gefressen.«

»Was ist los? Was redest du denn da für eine gequirlte Kacke? Du bist doch auch minderjährig.«

»Na und? Ich bin aber ein Kerl. Das ist ein gewaltiger Unterschied.«

»Hä?«

»Nimm zum Beispiel meine Schwester Justine. Seit die mit Kalli zusammen ist, tut die so, als sei sie Madame was weiß ich, sie führt sich auf ...«

»Was hat denn jetzt Justine damit zu tun? Das ist doch voll daneben!«, geht Simon energisch dazwischen.

»Was regst du dich denn so auf? Ich meine ja nur, dass sich das liest, als hätte es eine Zwanzig- oder Dreißigjährige geschrieben. Das wirkt eben so ... wie soll ich sagen ... irgendwie so erwachsen, so altklug, genau wie Justine, wenn du verstehst, was ich meine.«

»Und wenn du nur den Text für sich nimmst und mal vergisst, wer das geschrieben hat, was ist dann?«

»Dann ist es schon gut«, gibt Moritz zu.

»Sag ich doch«, strahlt Simon. »Ich meine, gut geschminkt könnte ich doch auch einen Mann Mitte zwanzig spielen, oder?«

»Klar, aber das ist ja ganz was anderes.«

»Wieso, es geht doch darum, sich in die Figuren hineinzuversetzen. Und das hat sie drauf. Sie kann sich in Maria hineinversetzen, in Bengel und in diese Elisabeth. Auch wenn die alle viel älter sind als sie selbst. Ich meine, das ist doch die Kunst.«

»Ja, schon, stimmt«, gibt Moritz zu, aber ich finde Kino nun mal geiler als geschriebene Geschichten.«

Simon gibt auf. Er faltet die Blätter sorgfältig zusammen, passt auf, dass er keinen unnötigen Knick reinmacht, und steckt sie ein. Dabei entgeht ihm Moritz' seltsam amüsierter Blick nicht. »Was is'n los, was guckst du denn so?«

»Voll erwischt.«

»Was?«

»Dich hat es voll erwischt, Alter. Du bist verknallt in dieses Rotkäppchen.«

»Wie kommste denn da drauf?«

»Wenn man sieht, wie du ihre Blätter behandelst, weiß man Bescheid. Am liebsten würdest du die doch in einen Tresor packen, damit sie nicht beschädigt werden. Mir machst du nichts vor, mein Lieber.«

Simon zuckt mit den Schultern und grinst.

»Hast du wenigstens mit Rotkäppchen gesprochen? Weißt du, wo sie wohnt? Wirst du sie wiedersehen?«

»Das ist es ja, ich weiß gar nichts.«

»Dann vergiss es.«

Von wegen, denkt Simon, ich finde sie. Zu gerne würde er wissen, welche Bücher das Mädchen gelesen hat. Wenn er das wüsste, würde er die gleichen Bücher lesen. Der Gedanke, die gleichen Sätze, die gleichen Worte, die gleichen Buchstaben in haargenau der gleichen Reihenfolge zu lesen, wie sie es getan hat, fasziniert ihn. Auf die Weise könnte er ihr auf ganz spezielle Art sehr nah sein. Und genau das ist es ja, was er will. Aber um rauszufinden, was sie gerne liest, muss er sie erst einmal finden. Das ist das Problem. Wie soll er das anstellen?

»Hallo, Simon!«, reißt Arndt ihn aus seinen Gedanken. »So pünktlich, das lob ich mir.« Und dann trudeln auch schon die anderen Schauspieler, Techniker und die Musiker von *Die Abhänger* ein und sie gehen in die Aula.

»Wollen wir anschließend noch irgendwas machen, chillen, Kino oder so?«, fragt Moritz.

»Nee, keine Zeit«, schwindelt Simon, der sich direkt nach der Besprechung auf die Suche nach Sandra machen will. »Ich will dann gleich anfangen, den Text zu lernen.«

»Alles klar, wenn du jemanden zum Abfragen brauchst, sag Bescheid.«

»Mach ich.«

»Okay!«

Keine Stunde später lungert Simon in der Nähe des Straßencafés am Neumarkt herum und hofft auf ein Wiedersehen mit Sandra. Vielleicht geht sie ja täglich in das Café, um zu schreiben.

Unter dem Arm hält er das Stück *Die Spirale*. Seine Rolle markiert er gelb. Das Ergebnis ist erschreckend. Es sind bestimmt zwei Drittel des Textes, die er auswendig lernen muss. Egal. Zwischendurch hält er immer wieder Ausschau nach Sandra. Er ist absolut davon überzeugt, dass er es spüren wird, wenn sie in seine Nähe kommt. Trotzdem schaut er sich suchend um. Sicher ist sicher. Aber sie taucht nicht auf. Nicht am ersten Tag, und auch nicht am zweiten oder dritten Tag. Am fünften, sechsten, siebten und achten Tag taucht sie ebenfalls nicht auf. Verzweifelt läuft Simon durch die Stadt und sucht. Er hofft, sie zu finden oder zu erspüren. Er bearbeitet den arroganten Kellner des Eiscafés so intensiv und lange, bis der genervt aufgibt.

»Also gut, bevor ich mich schlagen lasse. Schreib deine Telefonnummer auf. Ich melde mich, wenn sie hier noch mal auftaucht.«

»Echt?«

»Echt«, antwortet der Kellner in einem Ton, der sagt: Sowie du hier raus bist, werfe ich deine Nummer sowieso in den Papierkorb.

Stundenlang steht Simon an der Straßenbahnhaltestelle und hofft, Sandra wiederzusehen. Er rastet fast aus. Kann an nichts anderes mehr denken. Weder an die Schule noch an das Theaterstück oder seinen Text. Wie soll er lernen, wenn sie ihn dauernd ablenkt? Sein Kopf scheint nur noch aus einer einzigen Gehirnzelle zu bestehen und die ist komplett ausgefüllt mit diesem Mädchen. Da kann er auch gar nichts gegen tun. Das ist so. Fertig. Ihre Geschichte *Heißer Stoff* liest er jeden Abend vor dem Einschlafen. Er kann sie fast auswendig. Und wenn es mit dem Einschlafen nicht klappt, dann träumt er Sandra herbei. Allein der Gedanke an sie lässt wieder die Blitze zucken. Dann stellt er sich vor, wie sie sich ganz langsam auszieht. Zuerst die Turnschuhe, dann die Jeans und zuletzt das T-Shirt. Nur die rote Kappe lässt sie auf dem Kopf, damit der Heiligenschein nicht wegkann. Schließlich liegt sie neben ihm im

Bett, sie schmiegt sich an ihn und er dreht fast durch vor lauter Lust.

Es muss etwas geschehen. So geht es nicht weiter, beschließt Simon, nachdem er sich Erleichterung verschafft hat. Die Frage ist nur, was?

»Gib 'ne Anzeige auf«, schlägt Moritz nach der Schule vor.

»Was?«

»Eine Anzeige im Stadtanzeiger! Hallo, Rotkäppchen! Habe dich am Soundsovielten im Café Dingens am Neumarkt gesehen. Kurze Jeans, sexy Top, rote Schirmmütze und gelbe Turnschuhe. Muss dich unbedingt wiedersehen. Bitte melde dich, sonst werde ich bekloppt. Chiffre! Außerdem gibt's bestimmt hunderttausend Suchforen im Internet. Auch eine Chance, Rotkäppchen aufzutreiben.«

»Sag gefälligst nicht dauernd *Rotkäppchen* zu ihr. Sie heißt Sandra.«

»Woher weißt du das denn?«

»Weiß ich ja nicht. Ich nenne sie so, weil sie ein bisschen wie Sandra Bullock in *Speed* aussieht.«

»Den Film fand ich nicht so toll.«

»Na und?«

»Nur so.«

»Und wenn sie nicht antwortet?«

»Dann hast du Pech gehabt, Alter. Dann kannst du es vergessen. Köln hat knapp eine Million Einwohner. Und vielleicht ist sie ja gar nicht aus Köln. Kann sein, dass sie nur zu Besuch hier war.«

Daran hatte Simon noch gar nicht gedacht.

»Die größten Arschlöcher siehst du ständig wieder, aber Leute, die du unbedingt wiedertreffen willst, kannste vergessen. Das ist ein Naturgesetz.«

»Stimmt«, sagt Simon, »da hast du absolut recht.« Er deutet auf die andere Straßenseite. Da schlendert Robbi mit seiner Bergheimer Palme entlang und beide lassen Kaugummiblasen platzen.

Zwei Wochen später fühlt sich Simon wie in Watte gepackt. Nichts geht mehr. Gar nichts. Wie denn auch. Er hat sich komplett verzettelt, total verplant. Wenn einer voll von der Rolle ist, dann er. Die Kacke dampft. Und wie.

Seit Stunden irrt Simon durch die Stadt. Es dämmert schon. Wenn er doch bloß Sandra fände. Aber wo soll er suchen? Wo wird sie sein? Am besten hier und jetzt. Er kann sich nicht entscheiden, wo er hingehen soll. Da lang oder da lang? Über die Straße oder weiter den Gehweg entlang? Über die Straße! Ein lautes Klingeln zerreißt die Luft. Ein ohrenbetäubendes Quietschen. Jemand reißt ihn zurück und wirft ihn zu Boden. Nur wenige Zentimeter von seinem Kopf entfernt rattert die Straßenbahn vorbei. Das war knapp.

»Alter, spinnst du? Hast du sie noch alle? Das wär's beinahe gewesen!«, blafft ihn ein Typ im grauen Anzug an. »Rushhour und du tust so, als würdest du in einem Kuhkaff einen Feldweg überqueren. Ich glaub's ja nicht! After-Work-Partys sind nichts für dich. Lass die Finger vom Alk.«

»Ich hab sie nicht kommen sehen.«

»Das hab ich gemerkt.«

»Sie haben mir das Leben gerettet.«

»Na ja, zumindest hab ich dich vor ein paar Knochenbrüchen bewahrt.«

»Und dafür gesorgt, dass meine Rolle nicht umbesetzt werden muss.«

»Was?« Der Mann hilft Simon hoch.

»Ach nichts.«

»Du musst besser aufpassen. Ist ja nicht immer ein Schutzengel in der Nähe.«

»Ja«, sagt Simon, »vielen Dank.« Er klopft sich den Schmutz von der Hose und schaut sich um. Den ganzen Verkehr hat er irgendwie nicht wahrgenommen. Erst jetzt macht sich der Schreck bemerkbar. Simon beginnt zu zittern. Er sollte sich mal wieder ausschlafen. Aber wie soll das gehen, wenn er die ganze Zeit an Sandra denken muss? Sie bereitet ihm schlaflose Nächte. Er hat nur noch sie im Kopf. Seinen Text aber noch nicht mal ansatzweise. Bei der ersten Leseprobe hat er sich total verheddert. Arndt war voll genervt und hat ihn hinterher beiseitegenommen. Wenn er sich überfordert fühle, solle er es ruhig sagen, hat er gemeint. Noch wäre Zeit für eine Umbesetzung. Aber Simon hat gelächelt und gesagt: »Kein Problem, ich hatte nur die letzten Tage ein bisschen viel um die Ohren. Ich schaff das schon rechtzeitig.« Da hat Arndt ihm auf die Schulter geklopft und gesagt, das sei okay. Er verlasse sich auf ihn.

Jetzt hat er ein ganz schlechtes Gewissen, weil er sich immer noch nicht richtig um seine Rolle gekümmert hat. Das heißt, versucht hat er es schon. Nur mit dem Konzentrieren ist das so eine Sache. Es geht einfach nicht. Dauernd schiebt sich Sandra in seine Gedanken. Ob er will oder nicht. Das Problem ist: Sandra ist und bleibt verschwunden. Drei Anzeigen hat er im Stadtanzeiger aufgegeben und acht in den kostenlosen Blättern, die immer im Hausflur auf der Treppe liegen. Aber null Reaktion. Vielleicht liest sie keine Tageszeitung. Oder nur die Süddeutsche oder so. Was wohl eine Anzeige in der Süddeutschen kostet? Es ist zum Wahnsinnigwerden. Das Internet hat auch nichts gebracht. Wären da nicht die Blätter mit ihrer Handschrift, würde er fast annehmen, es gibt Sandra gar nicht. Er wäre sicher, dass das Mädchen im Café eine Einbildung, eine Fata Morgana, ein Tagtraum war. Aber erstens hat er die Geschichte *Heißer Stoff* blau auf weiß und zweitens bestätigt ihm Moritz immer wieder, dass sie Realität ist.

»Und, hat sich dein Rotkäppchen gemeldet?«

»Nee!«

»Dann vergiss sie endlich und lass uns an deiner Rolle arbeiten. Wenn du so weitermachst, wird Arndt irgendwann sauer. Dann war's das mit der Hauptrolle.«

Aber Simon weiß nicht, wie er Sandra vergessen soll. Wenn er an sie denkt, rast sein Herz und sein Blut wird mit aller Gewalt in die dafür vorgesehene Stelle gepumpt. In die Mitte seines Körpers. Es ist immer das Gleiche: Kaum denkt er an sie, ist die Sehnsucht da und die sorgt für größtmögliche Erregung. Da kann er nichts gegen machen. Das ist ein sicheres Zeichen dafür, dass sie zusammengehören. Nein, aufgeben kommt gar nicht infrage. Nur hat er keine Idee mehr, was er noch tun könnte. Langsam fängt er sogar an, den Briefträger zu hassen, weil der ihn jeden Tag erneut enttäuscht. Die Wahrscheinlichkeit auf ein Wiedersehen strebt gegen null. Aber da ist noch die Hoffnung und die lässt Simon weitersuchen.

Moritz macht sich langsam echt Sorgen um seinen Freund. »Alter, du musst dich ablenken und sie irgendwie aus deinem Kopf vertreiben.«

»Das geht nicht.«

»Das muss aber gehen. Ich meine, wo soll das denn hinführen? Du bist ja jetzt schon völlig durchgeknallt, überhaupt nicht mehr der Alte. Und das alles nur wegen diesem Rotkäppchen.«

»Das peilst du nicht.«

»Stimmt, da hast du allerdings recht«, sagt Moritz resigniert. »Das peil ich echt nicht. Aber du solltest langsam schnallen, dass du dich irgendwie ablenken musst. Sonst verblödest du noch komplett.«

»Aber wie?«

»Hau die blöde Geschichte in die Tonne.«

»Was?«

»Vielleicht hilft es, wenn du die Geschichte wegwirfst oder verbrennst. Was weiß ich?«

»*Heißer Stoff?*«

»Welche sonst?«

»Spinnst du? Das ist alles, was ich von Sandra habe.«

»Eben. Wenn du dich davon trennst, kannst du sie vielleicht aus deinem Leben vertreiben. Genau genommen war sie ja eh nie richtig da.«

»Doch, sie war da. Nur eben viel zu kurz.«

NEUN

»Hi, kann ich reinkommen?«

»Wie hast du mich denn gefunden?«

»Das war ganz einfach. Dieses Krankenhaus ist am nächsten dran. Ich meine, es ist nicht weit weg von da, wo ich, wie soll ich sagen, wo …«

»Halt! Stopp! Simon, so geht das nicht. Ich dachte, du hättest dich mit dem Stoff und der Figur befasst?« Herr Arndt klingt leicht gereizt. Kein Wunder, Simon hat ja auch schon zwei Termine verpasst, weil er auf Sandrasuche war.

»Hab ich doch, ich hab mich mit Micha befasst. Ich hab den voll drauf. Ich meine, ich *bin* Micha«, verteidigt sich Simon. Aber weil er genau weiß, dass er großen Müll redet, guckt er nicht Arndt an, sondern Karina, die Behdis spielt. Doch von da ist keine Hilfe zu erwarten. Karina weicht seinem Blick aus und guckt in ihren Text.

»Was du nicht sagst«, ereifert sich Arndt. »Dann verstehe ich nicht, warum du den Text so gelangweilt runterleierst, als ginge er dich nichts an.«

»Wie, gelangweilt?«

»Simon, du hast dich gerade angehört wie ein

Fünfjähriger vor dem Weihnachtsbaum, der erst Geschenke kriegt, wenn er ein Gedicht aufgesagt hat.«

Na toll, jetzt wird er hier auch noch vor versammelter Mannschaft runtergeputzt. Simon schluckt. Alle Augen sind auf ihn gerichtet. Arndt ist für seine aufbrausende Art bekannt. Er kann es nicht ausstehen, wenn geschludert wird.

»Mensch, Simon, du musst dich in den Micha hineinversetzen.«

»Ja, aber ... ich ...« Hilfe suchend schaut Simon zu Moritz. Der macht Zeichen, dass Arndt recht hat. Alle sind irgendwie gegen ihn.

»Micha kommt zu Behdis ins Krankenzimmer«, trompetet Arndt. »Wie fühlt der sich?«

»Unsicher«, sagt Simon kleinlaut, »er weiß ja nicht, wie sie reagiert, wenn sie ihn sieht.« Simon spürt, dass er sich ins Zeug legen muss. Wenn er die Rolle behalten will, muss er hier und jetzt was reißen. So viel steht fest. Also Augen zu und durch. »Ich glaube, ich weiß, was Sie meinen.« Simon versucht seiner Stimme so viel Selbstsicherheit wie möglich zu verpassen. »Immerhin liegt Behdis seinetwegen im Krankenhaus. Der hat echt Schiss. Und ein ganz schlechtes Gewissen hat er auch. Der kriegt am Anfang kaum ein Wort raus. Ich denke, ich muss das stockender sprechen, oder?«

»Sehr richtig, und der Tonfall darf ruhig ein bisschen schüchterner ausfallen. Also los, gleich noch einmal.«

»Okay!«

»Hi, kann … kann ich reinkommen?«

»Wie hast du mich denn gefunden?«

»Das war … ganz einfach. Dieses Krankenhaus … es ist eben … es ist am nächsten dran. Ich meine … es ist … nicht weit weg … von da … wo ich … wie soll ich sagen … wo …«

»… du mich zusammengeschlagen hast?«

»Ja.«

»Schon besser, viel besser, aber das *Ja* muss kleinlauter kommen.«

»Ja.«

»Genau so, super. Warum denn nicht gleich so? Langsam hast du den Dreh raus. Und jetzt bleib in der Figur. Egal, was in deinem Kopf sonst noch vorgeht. Lass dich nicht ablenken. Du bist Micha. Und weiter bitte.«

»Na, du bist ja drauf. Wenn meine Brüder dich erwischen, machen sie dich fertig. Die haben echt einen Hals.«

»Kann ich verstehen. Ich wollte ja auch nur …«

»Ja, was denn?«

»Ich wollte … mich entschuldigen … ich …«

In diesem Moment klingelt Simons Handy. Arndt rauft sich genervt die Haare. Der ist kurz vorm Platzen. »Ich glaub es nicht!«, schreit er fast. »Hoffentlich sind alle anderen Handys ausgeschaltet. Ich möchte nicht, dass während der Proben dauernd diese Dinger piepen.«

Simon zuckt entschuldigend mit den Schultern und drückt die Hörertaste.

»Hallo! – Ja? – Was? – Ach du Scheiße!« Simon sieht Arndt entsetzt an.

»Was ist denn los?« Aber Arndt bekommt keine Antwort. Simon stürmt durch die Aula, vorbei an Moritz, der ihm verdutzt hinterhersieht. Simon lässt sein Handy und die Textmappe zurück.

Als er das Gebäude betritt, steigt ein ganz beklemmendes Gefühl in ihm hoch. Obwohl alles hier eher an ein Hotel erinnert, schnürt es ihm fast die Kehle zu. Suchend schaut er sich um. Menschen in Schlafanzügen und Morgenmänteln bevölkern die Halle und den Kiosk, der sich gleich neben dem Empfang befindet. Viele sind gebrechlich. Sie mühen sich langsam mit Gehhilfen oder in Rollstühlen voran. Zwei vermutlich türkische Frauen polieren mit XXL-Wischmopps den Hochglanzfußboden. Dazwischen wirken die in ihren langen wehenden Kitteln fast lautlos vorbeieilenden Ärzte wie die Gesundheit in Person. Irgendwie strahlen sie so etwas wie Unsterblichkeit aus.

Simon ist das erste Mal in der Uniklinik. Überhaupt war er noch nie in einem Krankenhaus. Abgesehen von seiner Geburt, aber daran kann er sich nicht erinnern. Auf der Stelle fühlt er sich irgendwie nicht gesund. Ihm wird übel und er spürt, wie sich langsam die Angst in ihm ausbreitet.

»Hallo, Simon, da bist du ja!« Mama kommt auf ihn zu. Sie ist ganz blass und hat rot geweinte Augen. Sie sieht so zerbrechlich aus. Fast ein bisschen fremd. Sie umarmt ihn und drückt ihn ganz fest an sich. »Ach, Kind.« Simon spürt deutlich, dass Mama die Tränen unterdrückt, und weiß gar nicht, was er sagen soll. Also wartet er ab, bis Mama sich aus der Umarmung löst.

»Es ist … es ist auf dem Weg … zu dieser Nudelfirma passiert«, bringt sie stockend hervor. »Heute sollte er ja … er sollte … den Vertrag unterschreiben. Er muss … sehr in Gedanken … gewesen … die Straßenbahn … er ist einfach über die … er hat sie nicht gesehen. Mein Gott … er passt doch sonst immer so auf. Jetzt ist er … er liegt … auf der Intensivstation. Später wird er … wenn die Untersuchungen abgeschlossen sind … dann wecken sie ihn wieder auf. Hoffentlich … ich meine hoffentlich.« Jetzt kann Mama den Schluchzer nicht mehr unterdrücken. »Hoffentlich ...«, versucht sie es noch einmal, aber dann erstickt ihre Stimme.

Die Straßenbahnen scheinen es auf uns abgesehen zu haben, denkt Simon. Es ist sicher besser, Mama nichts von seinem Beinahe-Unfall zu erzählen. Er wundert sich, dass er nicht auch losheulen muss. Wie kommt das? Er spürt nichts außer einer lähmenden Hilflosigkeit. Was soll er tun? Da ist dieses Gefühl, dringend etwas unternehmen zu müssen, aber er hat nicht die geringste Idee, was. Noch nie kam er sich so nutzlos vor.

Mama hat den Weinkrampf schnell überwunden. Sie putzt sich die Nase, atmet tief durch und zwingt sich zu einem Lächeln. »Möchtest du irgendwas …

eine Cola oder ein Würstchen?« Sie deutet zum Kiosk.

»Ich weiß nicht.« Simon zuckt mit den Schultern. »Ich glaube nicht.« Er überlegt, ob er ein paar Tränen fließen lassen soll, damit sich Mama mit ihrer Verzweiflung nicht so alleine fühlt. Aber er entscheidet sich dagegen. Das wäre wie ganz schlimm lügen.

»Ah, da sind Sie ja noch, Frau Behrlauch!« Ein aalglatter Weißkittel mit leichter Segelbräune und gegeltem Haar schwebt auf die beiden zu.

»Below«, wird der Mann von Mama verbessert.

»Ja, ja«, sagt der nur. Er trägt ein Namensschild mit der Aufschrift *Dr. Geisemann.* »Schön, dass ich Sie noch antreffe«, näselt er. »Da hat uns Ihr Mann aber einen schönen Schreck eingejagt, was?«, sagt der Typ und lacht auch noch kurz. Als hätte sich Papa einen ganz tollen Scherz ausgedacht und sich mal eben vor eine Straßenbahn geworfen, um Leute wie ihn zum Lachen zu bringen. Simon kann nichts dagegen tun, aber der Typ ist bei ihm komplett unten durch. Um das zu ändern, müsste er sich schon sehr anstrengen. Tut er aber nicht. »Sie brauchen übrigens nicht zu warten«, näselt er weiter. »Gehen Sie ruhig nach Hause und erholen sich etwas. Hier können Sie eh nichts tun, Frau Behrlauch.«

»Below!«

»Ja, ja! Am besten machen Sie sich keine unnötigen Sorgen. Hier!« Er drückt Mama zwei Tabletten in die Hand. »Nehmen Sie die etwa eine Stunde vor dem Zubettgehen. Dann schlafen Sie besser. Sowie es etwas Neues gibt, rufen wir Sie an.« Und schon schwebt der Arzt wieder davon.

»Ja, aber ...«

»Wir rufen an, Frau Behrlauch, ganz bestimmt!«, ruft er mit erhobenem Arm und ohne sich noch einmal umzudrehen.

»Nee, is klar, Dr. Geisemann«, ruft Simon hinter ihm her. »Sie sind echt Scheiße, Mann!«, aber darauf reagiert er nicht. Dafür sehen fast alle anderen in der Halle zu ihm hin.

»Simon«, sagt Mama empört.

»Was denn? Ist doch wahr. So ein arrogantes Arschloch.«

»Komm«, sagt Mama, »wir gehen.«

Mama hat die beiden Tabletten genommen und ist auf dem Sofa eingeschlafen. Draußen ist es schon dunkel. Simon betrachtet sein Spiegelbild in der Fensterscheibe. Warum ruft das verdammte Krankenhaus nicht an? Es sind nun schon Stunden vergangen. Das kann doch nicht sein. Außer es ist etwas richtig Schlimmes passiert. Der Gedanke schnürt Simon die Luft ab.

Er versucht, sich ein Leben ohne Papa vorzustellen. Das ist gar nicht so einfach. Irgendetwas in ihm wehrt sich dagegen und hindert ihn daran. Es geht nicht. Er kann sich das nicht vorstellen. Es ist, als wolle er sich den Himmel ohne Mond, Sterne und Sonne vorstellen, oder ein Theater ohne Schauspieler, oder eine Welt ohne Sandra. Wie kommt er denn jetzt darauf? Er sollte sie wirklich aus seinem Kopf verjagen. Aber er hat den Verdacht, dass sie sich dann durch eine Hintertür wieder reinschleicht. Womöglich hatte Moritz recht. Wenn er *Heißer Stoff* vernichtet, fällt es ihm vielleicht wirklich leichter, Sandra zu vergessen. Er geht in sein Zimmer und holt den Text. In der Küche findet er in einer Schublade ein Päckchen Streichhölzer. Doch bei dem Gedanken, die Blätter zu verbrennen, kriegt er Herzklopfen. Egal. Er zündet ein Streichholz an. Gerade will er das erste Blatt in die Flamme halten, da klingelt es an der Tür. Er fährt vor Schreck zusammen und löscht das Zündholz. Das sind sie. Jetzt kommen sie, um ihnen mitzuteilen, dass Papa den Unfall nicht überlebt hat. Klar, so was machen sie nicht am Telefon. So was machen sie persönlich. Deshalb hat es auch so lange gedauert. Simon schaut ins Wohnzimmer. Mama schläft tief und fest. Soll er sie wecken? Nein, das kann er ihr nicht antun. Es klingelt wieder. Mit weichen Knien schleicht er zur Tür und öffnet sie vorsichtig.

»Hi, Alter! Was geht denn bloß ab?« Simon fällt ein Stein vom Herzen, denn da steht Moritz in der Tür. »Der Arndt hat vielleicht getobt. Da brauchst du echt 'ne gute Ausrede. Ich glaube, der ist drauf und dran umzubesetzen. An deiner Stelle würde ich den heute noch anrufen und ihm eine gute Geschichte auftischen. Am besten lässt du dir auch endlich die Haare schneiden, damit er merkt, dass du es ernst meinst. Hier, du hast deine ganzen Möbel in der Aula liegen lassen.« Moritz gibt Simon sein Textbuch und sein Handy.

»Danke!«

»Und, was ist passiert? Du siehst aus, als hätten dich Vampire komplett ausgesaugt.«

»So ähnlich fühl ich mich auch. Du glaubst ja gar nicht, wie froh ich bin, dass du es bist. Ich dachte schon ... aber komm erst mal rein.«

»Oh Mann! Und jetzt?«, fragt Moritz, nachdem ihm Simon alles erzählt hat.

»Keine Ahnung. Ich hab echt Schiss. Ich verstehe auch nicht, dass die nicht anrufen. Das ist doch jetzt schon ewig her.«

»Ruf du doch an.«

»Was?«

»Ruf im Krankenhaus an und frag, wie es deinem Vater geht. Na los, mach schon. Das ist doch das Normalste der Welt.«

Das tut Simon. Auf die einfachsten Ideen scheint er alleine tatsächlich nicht zu kommen. Es dauert eine ganze Weile, bis er jemanden am Apparat hat, der ihm Auskunft geben kann. Dann erfährt er, dass es offensichtlich versäumt wurde, ihn und Mama zu benachrichtigen. Doch als er auflegt, ist sein Gesicht etwas entspannter.

»Ist nicht so schlimm, wie es zunächst aussah, sagen sie. Er liegt nicht mehr auf der Intensivstation. Anscheinend ist er mit ein paar Knochenbrüchen davongekommen. Aber ganz genau können sie das erst in ein paar Tagen sagen. Er muss wohl noch eine Weile zur Beobachtung im Krankenhaus bleiben.«

»Puh! Da wird sich deine Mutter aber freuen. Willst du sie nicht wecken?«

»Später«, sagt Simon. Die gute Nachricht hat Energien freigesetzt, die sofort genutzt werden wollen. »Jetzt verbrenne ich erst mal *Heißer Stoff*.«

»Gute Idee.«

»Komm mit.« Moritz folgt Simon in die Küche. »Jetzt werde ich Sandra Bullock, die Jüngere, endgültig aus meinem Leben vertreiben, damit ich mich endlich voll und ganz auf das Stück konzentrieren kann. So was wie heute Nachmittag darf nicht noch einmal passieren.«

»Das kannste laut sagen.«

Simon hält das erste Blatt über das Spülbecken, reißt ein Streichholz an – und zögert.

»Was ist denn?«

»Weiß auch nicht. Es fühlt sich komisch an. Irgendwie nicht richtig. Ich meine, wenn ich den Text verbrenne, dann gibt es ihn nicht mehr. Der ist dann auf immer und ewig ... nun ja ... weg.« Simon ist überrascht darüber, dass die ganze Euphorie innerhalb weniger Sekunden verpufft ist. Jetzt ist die Sehnsucht nach Sandra wieder da. Er spürt deutlich, dass er nicht bereit ist, sich von dem Text zu trennen.

»Na und? Wenn du ihn nicht aus dem Papierkorb gefischt hättest, wäre er auch für immer weg.«

»Schon, aber ... ich weiß nicht.«

»Nun mach schon!«

Simon resigniert. »Ich kann das nicht. Es ist fast so, als würde ich gezwungen, mit ihr Schluss zu machen.«

»Red doch keinen Scheiß. Ich denk, du willst Rotkäppchen endlich aus deinem Kopf kriegen?«

»Schon, aber ich fürchte, wenn ich den Text verbrenne, ist sie trotzdem noch in meinem Kopf.«

»Aber dann hast du es wenigstens versucht.«

»Ich weiß nicht. Ich glaube, ich will es nicht versuchen.«

»Gib mal her.« Moritz nimmt Simon das Blatt ab, reißt ein Streichholz an und hält es in die Flamme. Simon kann nicht zusehen und dreht sich weg. Da fällt sein Blick auf die Tageszeitung neben dem Brotkasten. Das gibt's doch gar nicht. Eine Anzeige springt ihn regelrecht an. »Nein, nicht!«, ruft er. Blitzschnell schlägt Simon seinem Freund das brennende Blatt aus der Hand und pustet es hastig aus.

»Was soll das denn?«

»Ich glaub, das kann ich noch brauchen.«

»Hä?«

»Guck mal hier.« Simon hält Moritz die Tageszeitung hin.

»Eine Zeitung. Na und?«

»Hier!«, sagt Simon energisch und tippt mit dem Finger auf die Anzeige. »Hab ich gerade entdeckt.«

Moritz schaut sich die Anzeige genauer an. »Aber da dürfen doch gar keine Kerle mitmachen.«

»Na und?«, grinst Simon.

»Na klar«, strahlt Moritz. »Du hast recht. Warum nicht?«

»Eben«, sagt Simon. »Und jetzt ruf ich noch den Arndt an.«

ZEHN

Simon sitzt im Café. Hier war er noch nie. Das Gebäude gegenüber hat er fest im Blick. Er wartet auf Moritz und hält den Rucksack fest. Da ist alles Notwendige drin. Gerade war er noch bei seinem Vater im Krankenhaus. Wer weiß, wann er ihn wiedersehen wird. Wenn sein Vorhaben schiefgeht, wohl eine ganze Weile nicht. Papa hat zwar Witzchen gerissen, aber Simon hat genau gespürt, dass er verzweifelt ist, weil ihm diese beschissene Versicherung zu schaffen macht. Simon hat beschlossen zu handeln. Es muss Geld her. Egal wie. Aber allein packt er das nicht. Schon bei dem Gedanken an sein Vorhaben wird ihm ganz schlecht. Deshalb muss Moritz ihm helfen. Okay, wenn sie patzen, war's das mit der Hauptrolle, dann war's das mit Sandra, dann war's das auch mit der Siegerprämie bei diesem Kurzgeschichtenwettbewerb.

Gut, dass er im letzten Moment die Anzeige mit dem Wettbewerb entdeckt hat. Sonst wäre *Heißer Stoff* komplett in Flammen aufgegangen und jetzt nichts als Asche.

Weil nur weibliche Personen am Wettbewerb teilnehmen dürfen, hat Simon kurzerhand ein *e* an seinen Vornamen gehängt. Aus Simon wurde Simone, und die ist mit *Heißer Stoff* auf Anhieb unter die ersten fünfzig gekommen. Im zweiten Durchgang sogar unter die ersten zehn. Das haben sie ihm erst per SMS und dann noch schriftlich mitgeteilt. Die Geschichte wird also auf jeden Fall in einer Anthologie veröffentlicht. Und wenn Sandra ihren Text da unter falschem Namen findet, meldet sie sich vielleicht doch noch bei ihm. Das ist zwar nur eine winzige Chance, aber es ist einen Versuch wert. Auf jeden Fall. Und wenn Simon den Wettbewerb sogar gewinnen sollte – die Chancen stehen gar nicht so schlecht, findet er –, dann bekommt er satte dreitausend Euro Preisgeld. Damit könnte Mama für ein paar Monate die Miete zahlen und sie hätten vorläufig etwas Luft. Aber da er sich nicht darauf verlassen kann, dass er den Wettbewerb gewinnt, muss er das hier durchziehen. Deshalb ist er hier. Mit dem Rucksack und einem Plan. Wenn der Plan funktioniert, müssen sich Papa und Mama nie wieder Sorgen machen.

»Hi, Alter!« Simon zuckt zusammen, als Moritz ihm zur Begrüßung auf die Schulter schlägt.

»Wieso denn so schreckhaft?« Er setzt sich Simon gegenüber an den Tisch, beugt sich zu ihm rüber und flüstert: »Hast du die Wahnsinnstitten gesehen?«

»Was?«

»Die Wahnsinnstitten der Kellnerin«, Moritz deutet in Richtung Theke.

»Hab ich nicht drauf geachtet«, antwortet Simon, ohne hinzuschauen.

»Solltest du aber. Pass auf, ich verschaffe dir gleich so einen geilen Ausblick, da träumst du noch wochenlang von.« Moritz schnappt sich die Eiskarte, blättert darin herum und winkt der Kellnerin.

»Ja bitte?«

»Ach, sagen Sie, kann ich bei diesem Eisbecher statt Schokolade Walnuss bekommen?«

»Welchen Becher meinst du denn?«

»Diesen.« Moritz deutet auf eine Abbildung, ohne die Karte von seinen Knien zu nehmen. Wie erwartet beugt sich die Kellnerin etwas hinunter und präsentiert Simon so einen Einblick, der ihm kurz die Luft nimmt – Wahnsinn!

»Diesen«, sagt Moritz noch einmal und zwinkert Simon zu. Der grinst zurück.

»Kein Problem«, erwidert die Kellnerin, »sonst noch was?«

»Nein danke, das war's.« Moritz schaut der Kellnerin hinterher. »Und, was sagst du?«, fragt er, als er sicher ist, dass sie sich außer Hörweite befindet.

»Wow! Superdinger. Körbchengröße E, würde ich sagen.«

»Ich tippe auf F.«

»E.«

»F.«

»Egal, jetzt erzähl mal. Was gibt es denn so Wichtiges? Hast ja echt geheimnisvoll geklungen am Telefon. Und beim Friseur warst du auch noch nicht. Du hast doch dem Arndt versprochen, zur nächsten Probe kurzgeschoren zu erscheinen. Wie ein echter Skin.«

»Ich lass mir die Haare nachher schneiden. Gleich nachdem wir das hier erledigt haben.« Simon schlägt mit der flachen Hand auf seinen Rucksack.

»Aha! Was gibt's denn zu erledigen?«

»Na ja, eine wichtige Sache. Wär schön, wenn du mir helfen könntest. Also, um konkret zu werden: Wir müssen zusammen was durchziehen.«

»Aha, das ist wirklich sehr konkret. Was denn?«

Simon gibt Moritz den Rucksack.

»Na, du machst es aber spannend. Bin schon ganz neugierig, was da so Mysteriöses drin ist.« Moritz zieht den Reißverschluss auf und guckt rein. »Was soll das denn werden, Alter?«, fragt er enttäuscht.

»Siehste das denn nicht?«

»Was ich sehe, sind zwei Plastikpistolen, Damenstrümpfe und ein Megafon. Wonach sieht das wohl aus? Hey, das ist nicht dein Ernst?« Moritz sieht Simon entgeistert an.

»Eigentlich schon!«

»Du spinnst ja.«

»Tu ich nicht. Ich hab mir alles genau überlegt.«

»Alter, wir haben Ende August.«

»Ich weiß auch, dass die dunkle Jahreszeit viel besser geeignet wäre, aber so lange kann ich nicht warten.«

»Natürlich kannst du das. Ich meine, alle anderen müssen schließlich auch so lange warten. Du kannst doch nicht im August anfangen, Karneval zu feiern. Was soll denn der Quatsch? Bist du komplett durchgeknallt?«

»Ich bin nicht durchgeknallt. Und Karneval feiern will ich auch nicht.«

»Nicht? Kannst du mir dann bitte erklären, warum wir uns mitten im Sommer als Bankräuber verkleiden sollen?«

Simon sieht seinen Freund ernst an.

»Hey, was ist los? Was willst du? Ich verstehe gar nichts.«

»Dann erklär ich es dir«, flüstert Simon. »Siehst du die Bank da drüben?«

»Klar, was ist damit?«

Wieder sieht Simon Moritz ernst und eindringlich an. Moritz schaut zur Bank, zu Simon, auf den Rucksack, zur Bank und wieder zu Simon. »Wie jetzt?«

»So der Herr, Walnuss statt Schokolade.« Die Kellnerin ist wie aus dem Nichts aufgetaucht und stellt Moritz den Eisbecher hin. »Bitte schön!«

»Danke.«

»Gerne. Ach so, wenn ihr es genau wissen wollt,

Körbchengröße D, 85 D. Das sind so ungefähr anderthalb Hände voll. Und bei dir tippe ich auf zwölf Zentimeter«, sagt sie und schaut Moritz mit hochgezogenen Augenbrauen an.

»Was?«

»Maximal zwölf Zentimeter, natürlich nur, wenn er steht. Guten Appetit.«

Moritz sieht der Kellnerin mit offenem Mund hinterher. »Scheiße, die hat alles gehört.«

Simon kann es sich nur mit Mühe verkneifen, nicht loszuprusten. »Zwölf Zentimeter«, kichert er. »Das ist ja echt 'ne heiße Braut.«

»Hast du schon mal gemessen?«

»Nee!«

»Zwölf Zentimeter ist nicht viel, oder? Egal. Nachher messe ich nach. Also, was ist jetzt mit der Bank? Ich hab das immer noch nicht richtig verstanden.« Moritz macht sich über seinen Eisbecher her. »Wenn du nicht Karneval feiern willst, weiß ich nicht, was du vorhast. Bestimmt keinen Banküberfall, oder?«

»Was denn sonst? Mir fällt nichts anderes ein!«

Moritz lässt den Löffel sinken. »Was ist los?«

»Was denkst du denn? Die Pistolen gehen doch lässig als echte Waffen durch. Die sind original nachgebaut. Mein Vater musste mal Werbefotos für irgendeine Firma machen. Wir spazieren da rein, einer hält die Kunden in Schach, der andere lässt sich das Geld geben und ruck, zuck, schon sind wir wieder …«

»Bist du bescheuert? Warum sollten wir das tun?«

»Weil ich dringend Geld brauche.«

»Wozu?«

»Die Krankenversicherung von meinem Vater weigert sich zu zahlen. Da kommt eine Rechnung auf ihn zu, die kann er in seinem ganzen Leben nicht abzahlen. Wahrscheinlich ist er wegen des Unfalls auch seinen Auftrag los. Und das bedeutet, wir müssen umziehen. In irgendeinen scheiß Plattenbau am Stadtrand oder so. Das will ich nicht. Außerdem will ich Sandra was bieten, wenn ich sie gefunden habe, verstehst du?«

»Du spinnst! Dieses Rotkäppchen hat dir das Hirn aufgeweicht. Oder du hast zu viel gewichst. Oder beides. Nee, mein Lieber, da muss eine andere Lösung her.«

»Was denn für eine?«

»Keine Ahnung.«

»Eben! Deshalb gehen wir da jetzt rein, ziehen das Ding blitzschnell durch und fertig.«

»Okay! Wenn du dich unbedingt erschießen lassen willst, dann bitte. Aber ohne mich!«

»Wieso denn erschießen?«

»Denk mal an *Hundstage* mit Al Pacino.«

»Geiler Film, aber Al Pacino wurde nicht erschossen. Den haben sie doch auf dem Flughafen festgenommen.«

»Stimmt! Aber seinen Kumpel haben sie auf der Rollbahn abgeknallt. Und das wäre in unserem Fall ich«, gibt Moritz zu bedenken. »Und selbst wenn sie uns nur schnappen. Glaubst du, ich habe Lust auf zehn Jahre Gefängnis? Da drin wirst du bestimmt jeden Tag dreimal vergewaltigt – und zwar von Kerlen.«

»Quatsch, wir sind vierzehn. Minderjährig. Da schicken die uns doch nicht in den Knast.«

»Dann eben ins Heim. Und da wirst du auch jeden Tag vergewaltigt. Nee, ohne mich. Komm lass uns zahlen. Dann gehen wir zum Kiosk und füllen einen Lottoschein aus. Das ist besser, als so ein Ding drehen.«

»Na gut,« stimmt Simon zu. Nicht nur weil an Moritz' Argumenten durchaus was dran ist, sondern auch, weil ihm schon allein bei dem Gedanken, die Bank mit Damenstrumpf über dem Kopf und mit Pistole in der Hand zu betreten, der Arsch auf Grundeis geht. Wahrscheinlich würde er so zittern, dass man ihn gar nicht ernst nehmen würde. In diesem Moment meldet sein Handy eine SMS. Er fingert das Telefon aus der Jacke, liest die Nachricht und sagt: »Oh Shit!«

»Was denn?«

»*Heißer Stoff* ist unter die ersten sechs des Kurzgeschichten-Wettbewerbs gekommen.« Simon sieht Moritz entgeistert an.

»Aber das ist doch toll! Dann ist der erste Preis doch in greifbarer Nähe. Du musst nur die anderen fünf ausschalten. Wieso ziehste denn so ein Gesicht?«

»Weil der erste Preis eben nicht in greifbarer Nähe ist. Ich dachte, die Jury ermittelt die Gewinnerin und dann wird die Kohle überwiesen. So ist es aber nicht.«

»Sondern?«

»Es findet eine dreitägige Lesereise statt. Erst am Schluss stellt sich raus, wer gewonnen hat.«

»Shit«, gibt Moritz zu.

»Allerdings.«

»Kann ich dann mal kassieren? Ich mach jetzt Feierabend«, sagt die Kellnerin, die erneut ganz plötzlich aufgetaucht ist. »Und falls ihr die Bank da drüben wirklich leer räumt, sind doch bestimmt zwanzig Prozent Schweigegeld für mich drin, oder? Dann kann ich mir nämlich die Titten vergrößern lassen.« Laszív lächelnd schaut sie von einem zum anderen.

Beide werden rot und wissen nicht, wo sie hinschauen sollen.

ELF

Das kann doch nicht sein. Mit mindestens fünf Zentimetern mehr hatte er schon gerechnet. Dabei hat er extra Mamas Maßband genommen. Damit kriegt man ein genaueres Ergebnis hin. Mit einem Zollstock gingen wahrscheinlich wertvolle zwei bis drei Millimeter verloren, weil sein Schwanz eine leichte Krümmung aufweist. Und die kann mit einem Maßband mitgemessen werden. Um einen hochzukriegen, musste Simon sich Sandra nur kurz nackt vorstellen. Schon stand die Messlatte wie eine Eins. 13,2 Zentimeter. Simon versucht, noch etwas mehr rauszuholen, indem er sich total geile Sachen mit Sandra vorstellt. Sachen, die er sonst nur aus dem Internet kennt. Aber es nutzt nichts. Es sind und bleiben 13,2 Zentimeter. Er hätte achtzehn geschätzt – mindestens. Und nun das. Aber da sich Sandra so nackt und verspielt in seinem Kopf tummelt und ihn die Fantasie nicht mehr loslässt, lässt er auch seinen Schwanz nicht mehr los. Dann, wie blöd, kurz vorm Höhepunkt, hört er den Schlüssel in der Tür und gleich darauf Mamas gut gelaunte Stimme: »Hallo, jemand zu Hause? Ich bin wieder daha!«, trällert sie.

Mist! Simon steht mitten im Wohnzimmer. In der

einen Hand das Maßband, in der anderen seinen Schwanz. Eigentlich wollte er ja auch nur messen und das Ganze nicht in eine Einmannorgie ausufern lassen. Von seiner Mutter trennen ihn maximal zweieinhalb Meter und zum Glück eine halb geschlossene Tür. Blitzschnell wird alles verstaut und der Reißverschluss der Jeans zugezogen. Dabei verklemmen sich ein paar Schamhaare im Reißverschluss. Scheiße, das tut weh! »Autsch!« Er krümmt sich. Mama steht in der Tür.

»Was ist denn mit dir los?«

»Nichts!«, presst Simon hervor. Er versucht sich aufzurichten, aber das ziept – und wie. Die Haare sind oben eingeklemmt und unten festgewachsen. Blöde Situation. So kann das nicht bleiben. Er muss etwas tun. Von Mama abgewandt, zieht er den Reißverschluss noch einmal kurz runter. Die Erlösung. Und schnell wieder rauf. Das Maßband fällt auf den Boden. Er dreht sich zu seiner Mutter um, die ihn amüsiert beobachtet.

»Na, alles klar?«

»Ja … logisch … ich hatte nur … ich wollte … ich musste was ausmessen.« Er hebt das Maßband auf und rollt es zusammen.

»So so«, sagt Mama. Sie klingt seltsam amüsiert und lächelt ganz verschmitzt. »Was denn?«

»Wie jetzt?«

»Was hast du denn ausgemessen?«

»Ich … äh … ist das 'n Verhör … wieso willst du das denn unbedingt wissen?«

»Will ich doch gar nicht unbedingt.«

»Ach so. Dann ist ja gut.«

»Wie du meinst. Ich hab uns übrigens was mitgebracht.«

»Echt? Was denn?« Simon ist total erleichtert darüber, dass das Vermessungsthema erledigt ist.

»Eine Flasche Damensprudel und eine DVD. Heute abend gucken wir einen Film. Wenn du Lust hast.«

»Gibt's was zu feiern?«

»Yep!«

»Was denn?«

»Schönen Gruß von Papa. Er hat gerade erfahren, dass er bald nach Hause kann. Er freut sich total.« Mama strahlt ihn an wie schon lange nicht mehr.

»Super!«

»Und deshalb gucken wir heute das hier.« Mama hält ihm eine DVD hin.

»*Tootsie*?«

»Den kennst du nicht, stimmt's?«

»Stimmt!« Simon kann sich zwar erinnern, dass der Film schon ein paarmal im Fernsehen lief, aber gesehen hat er ihn noch nie. Er schaut sich die DVD genauer an. »Der ist ja schon hundert Jahre alt.«

»Ich denke, du stehst auf alte Filme?«

»Schon, aber nicht auf solche.«

»Du musst dir ja nicht immer nur diesen Actionmist reinziehen. *Tootsie* ist eine super Komödie. Hab ich damals mit einem Jungen im Kino gesehen. Mein Gott, da war ich ungefähr so alt wie du jetzt. Kaum zu glauben.«

»War der Junge Papa?«

»Nein, den kannte ich ja noch gar nicht. Es war ein

Typ aus der Nachbarschaft. Das war vielleicht aufregend. Viel mitbekommen haben wir damals von dem Film allerdings nicht. Er war ein oder zwei Jahre älter als ich und wollte mir dauernd an die Wäsche«, kichert Mama.

»Was du nicht sagst«, sagt Simon und stellt sich vor, wie Mama und irgend so ein frühzeitlicher Robbi Kaugummi kauend auf den Kinosesseln rumknutschten und die anderen Kinobesucher nervten. »Ich glaub, das ist nichts für mich«, sagt er und gibt Mama die DVD zurück. »Moritz hat *Der Marathon-Mann*. Der ist auch mit Dustin Hoffman. Der Film ist voll geil. Besonders diese Folterszene. Da bohrt ihm so ein alter KZ-Arzt ein Loch in den Zahn. Ohne Betäubung voll bis auf den Nerv. Aber er weiß nichts und kann nichts sagen. Und hinterher sagt der Arzt zu seinem Auftraggeber: Wenn er was gewusst hätte, hätte er es gesagt. Stell dir das mal vor.«

»Lieber nicht!«, stöhnt Mama.

»Aber Männer in Frauenkleidern finde ich echt unterirdisch. Muss ich nicht haben.«

»Wenn du mir eine Freude machen willst, schaust du ihn mit mir an. Ich verspreche dir, er wird dir gefallen.«

»Und wenn nicht?«

»Dann hab ich bei deiner Erziehung irgendwas falsch gemacht oder Dustin Hoffman ist ein miserabler Schauspieler«, lacht Mama.

Sie hat nichts falsch gemacht und Dustin Hoffman ist auch kein miserabler Schauspieler. Nachdem sie Simon mit einer Pizza vom Bringdienst bestochen hat, sitzen sie gemeinsam vor dem Fernseher. Simon weiß, dass Mama eigentlich nicht so sehr nach lachen zumute ist. Klar, sie freut sich, dass Papa gesund wird und nach Hause kommt. Aber er weiß auch, dass sie sich Sorgen macht, weil sie nicht weiß, wie alles weitergehen wird.

Doch all das vergisst er schnell. Denn er ist begeistert von Dustin Hoffman, der einen Schauspieler ohne Job spielt. Er hält sich mit Schauspielunterricht über Wasser. Als sich eine Freundin für eine Daily-Soap-Rolle bewirbt und abgelehnt wird, probiert es Dustin Hoffman. Er verkleidet sich als Frau, bekommt die Rolle und wird zum Superstar. Natürlich verliebt er sich in eine Kollegin, deren Vater sich wiederum in ihn verliebt usw. Am Ende outet er sich während einer Livesendung.

Obwohl gerade gar nichts Komisches passiert, muss Mama an einigen Stellen kichern. Auf Simons fragenden Blick hin winkt sie nur ab und sagt: »Das verstehst du nicht.« Dabei versteht er sehr gut. Sie kichert wegen der Erinnerungen damals im Kino.

Anschließend sitzen sie noch zusammen und reden über den Film. Und während sie so über die eine oder andere Szene quatschen, hat Simon die Idee. Gut, dass er noch nicht beim Friseur war. Der erste Preis des Schreibwettbewerbs ist doch noch möglich. Und Mama hat ihn drauf gebracht. Was Dustin Hoffman kann, kann er schon lange. Sofort ruft er bei Moritz an.

»Hi, Alter, ich brauch deine Hilfe.«

»Nicht schon wieder.«

»Aber ich habe eine Idee. Eine richtig gute.«

»Verschone mich damit – bitte. Du kannst vorschlagen, was du willst, ich mache nicht mit.«

»Aber du weißt doch noch gar nicht, um was es geht.«

»Das will ich auch nicht wissen. Die blöde Nummer mit den Damenstrümpfen und den Spielzeugpistolen reicht mir völlig. Nun sag schon, was ist los?«

Simon grinst, ihm war klar, dass Moritz' Neugierde siegt. »Ich mache mit bei dieser Mädchenlesereise.«

»Wie jetzt?«

»Morgen fangen wir an zu proben.«

ZWÖLF

»In Kürze erreichen wir Braunschweig Hauptbahnhof. Wir verabschieden uns von allen Fahrgästen, die in Braunschweig aussteigen, und wünschen Ihnen noch einen angenehmen Tag«, tönt es aus dem Lautsprecher im Zugabteil. Simon kann sich alles Mögliche vorstellen, aber nicht, dass dieser Tag noch irgendwie angenehm wird. Nicht in diesem Kleid und nicht mit all den unberechenbaren Dingen, die vor ihm liegen. Der BH kneift. Da, wo die Träger hinten angenäht sind. Und jucken tut es auch. Vielleicht hätte er nicht auf Justine hören sollen, die darauf bestand, dass er sich einen Wonderbra zulegte. Simon zupft an seiner falschen Brust herum. Wie halten Frauen das nur aus?

Während die Anschlussmöglichkeiten in Braunschweig durchgesagt werden, klappt er sein Textbuch zu und verstaut es im Koffer. Inzwischen kommt er gut voran mit seiner Rolle. Draußen gleiten die Häuser der Vorstadt vorbei. Hier findet die erste von drei Lesungen mit den sechs verbliebenen Teilnehmerinnen des Wettbewerbs statt. Treffpunkt ist ein feines Hotel in der Innenstadt. Von da geht es dann am frühen Abend zum Veranstaltungsort. Morgen reisen die Mädchen nach Berlin und die letzte Lesung findet tags darauf in Köln statt. Da wird die endgültige Entscheidung fallen und da hofft er, Sandra zu sehen. Wenn sie von dem Wettbewerb erfahren hat und in Köln oder in der Nähe wohnt, wird sie vielleicht im Publikum sitzen. Das hofft Simon zumindest.

Er steigt mit einem ganz mulmigen Gefühl aus dem Zug. Auf dem Bahnsteig geht ein heftiger Wind, der sich sofort an seinem Kleid zu schaffen macht. Unsicher sieht er sich um. Im Zug hatte er ein Abteil ganz für sich allein, aber jetzt hat er das Gefühl, alle starren ihn an. Doch die Leute auf dem Bahnsteig scheinen ihn gar nicht zu bemerken. Gut so. Er macht sich auf den Weg zum Hotel. Nach einigen Schritten fällt ihm ein, dass er so wie ein Mädchen gehen muss.

✶

»Voll geil, Alter«, hatte Moritz gejubelt, als Simon sich in Simone verwandelt hatte und vor dem Spiegel in Moritz' Zimmer stand. Justine und Kalli waren auch da, um *die Neue* zu begutachten. Sie hingen auf einem ausgeleierten alten Sofa ab, während Moritz dauernd um ihn herumhüpfte. Aus Simon war tatsächlich Simone geworden. Mit Rock, halbhohen Schuhen, Bluse, etwas Schmuck, Schminke und Brüsten. Zum Glück hat Justine nicht nur exakt Simons Konfektionsgröße, die Schuhgröße stimmte auch. Das machte die Sache wesentlich einfacher. Eine komplette Garderobe wäre unbezahlbar gewesen. Justine fand die Idee aber so abgefahren, dass sie den Inhalt ihres Kleiderschranks gerne zur Verfügung stellte.

Dauernd kam sie mit neuen Klamotten an und Simon aus dem Umziehen gar nicht mehr raus. Die Auswahl war echt groß. Nur der BH, der zwei halbe Tennisbälle halten sollte, musste besorgt werden. »Ich würde es nicht glauben, wenn ich es nicht wüsste«, sagte Moritz.

Kalli sah das ähnlich. »Du siehst wirklich rattenscharf aus, Alter. Echt, wenn du kein Kerl wärst, könnte ich glatt in Versuchung kommen«, sagte er. Daraufhin landete Justines Ellenbogen in seiner Hüfte.

»Autsch!«

»Mach bloß meine Freundin Simone nicht an«, kicherte sie.

»Is ja schon gut, die hat mir sowieso viel zu kleine Titten.«

»Arschloch!«, sagte Simon. Er fühlte sich gar nicht wohl. Im Gegenteil. Am liebsten hätte er eine Hose getragen, aber das wurde einstimmig abgelehnt. Die Gefahr, im Schritt etwas zu erkennen, war einfach zu groß. Jetzt kam er sich vor wie ein Funkenmariechen während des Karnevals. Im Spiegel sah er einen Kerl in Mädchenklamotten. Simon war sicher, dass man ihm nicht nur kilometerweit ansah, dass er kein Mädchen war, sondern dass man das auch roch. Obwohl er seinen eigenen Geruch vorher kaum wahrgenommen hatte, fand er jetzt, dass er total nach Kerl roch. Aber Moritz, Kalli und Justine waren geschlossen anderer Meinung.

»Man riecht gar nichts«, sagte Kalli, »und du siehst voll cool aus.«

»Richtig süß«, bestätigte Justine.

»Ich wette, die Typen fahren voll auf dich ab«, sagte Moritz.

»Hör bloß auf, das hat mir gerade noch gefehlt.« Simon dachte an Dustin Hoffman. Der hatte in *Tootsie* auch gleich zwei Männer am Hals. Einer hat ihn sogar geküsst. Auf so was konnte er gut verzichten. Überhaupt konnte er gern auf all das hier verzichten. Am liebsten hätte er sich diese Klamotten vom Leib gerissen und wäre zum Friseur gegangen. Aber dafür war es jetzt zu spät. Es sei denn, er fand jemanden, der die Angelegenheit für ihn durchzog.

»Sag mal, Justine, kannst du nicht für mich an dem Lesewettbewerb teilnehmen?«, fragte er, als sie ihm eine ihrer Handtaschen umhängte. »Du musst dich wenigstens nicht verkleiden.«

»Vergiss es. Ich und vorlesen, das geht gar nicht. Und außerdem hab ich auch gar keine Zeit.«

»Aber mit meiner Stimme wird das doch nichts«, quengelte Simon, der sich durch und durch unwohl fühlte in seiner Haut. Das konnte nicht gut gehen. Im Leben nicht.

»Warum denn nicht«, fragte Moritz. »Was soll mit deiner Stimme sein? Die klingt doch wie immer.«

»Das ist es ja gerade. Die ist doch viel zu tief. Ich meine, so klingt doch kein Mädchen!«

»Quatsch!«, sagte Moritz.

»Viele Frauen klingen ein bisschen männlich. Das macht gar nichts«, meinte Kalli. »Denk nur mal an die Staatsanwältin in den Münster-Tatorten.«

»Ich find deine Stimme voll sexy«, flötete Justine.

»Ich weiß nicht. Ich glaub, das wird nichts.«

»Red doch keinen Scheiß«, sagte Moritz. »Das funktioniert hundertpro.«

»Glaub ich nicht.«

»Dann probier es aus.«

»Wie denn?«

»Wie hat es Dustin Hoffman in *Tootsie* denn ausprobiert?«

»Der hat sich im Lokal neben seinen Agenten gesetzt. Der hat nichts gemerkt, bis sich Dustin zu erkennen gab.«

»Dann mach es genauso.«

»Ich hab ja keinen Agenten.«

»Aber Herrn Arndt. Heute sind doch die Stellproben für die Fußgängerzonenszene. Geh hin und frage ihn, ob die Rolle der Behdis noch zu haben ist.«

»Aber die spielt doch schon Karina.«

»Natürlich spielt die Karina«, sagte Moritz genervt. »Du willst sie ja auch nicht. Oder?«

»Nee!«

»Na bitte!«

»Und wenn Arndt was merkt?«

»Ich wette, der merkt nichts. Und wenn doch, dann wissen wir wenigstens, dass die Verkleidung so nicht hinhaut.«

✶

»Guten Tag, was kann ich für Sie tun?«, möchte die Dame am Empfang des Hotels wissen. Und schon ist Simon wieder verunsichert. Noch nie war er in so einem Hotel und noch nie wurde er gesiezt. Als Mädchen sieht er wohl älter aus.

»Äh … Schreibwettbewerb«, sagt er nur.

»Verstehe, wie ist der Name, bitte?«

»Simone Below«, sagt Simon.

»Simone Below«, wiederholt die Dame leise, während sie eine Liste durchsieht. »Ah ja, da haben wir Sie. Sie werden bereits im Seminarraum erwartet. Erster Stock und dann links.«

»Danke!«

»Keine Ursache und viel Glück wünsche ich Ihnen.«

»Danke«, sagt Simon noch einmal und geht mit klopfendem Herz in den ersten Stock hinauf. Er versinkt fast im Teppichboden. Unschlüssig bleibt er vor dem Seminarraum stehen. Der Gedanke, da hineinzumüssen, schnürt ihm die Kehle zu. Schweiß bildet sich auf der Stirn. Das Herz rast wie verrückt. Genauso schlimm wie neulich, als er in dieser Aufmachung bei der Theaterprobe erschienen war, um sich für die Rolle der Behdis zu bewerben.

Jetzt gäbe es noch die Möglichkeit umzukehren. Er könnte das Hotel verlassen, zurück zum Bahnhof laufen und nach Hause fahren. Er könnte sich den kneifenden BH vom Leib reißen, zum Friseur gehen und sich die Haare auf Streichholzlänge kürzen lassen. Das ist wirklich ein sehr verlockender Gedanke. Was soll er machen? Die Kurve kratzen oder die Klinke runterdrücken? Wenn er abhaut, ist die Chance auf den ersten Preis natürlich unwiderruflich dahin. Andererseits wäre er wieder Simon und zu Hause und diesen verdammten Druck los. Das richtige Leben ist viel schwieriger als im Film. Bei Dustin Hoffman sah alles so locker aus. In Wirklichkeit ist so eine Verkleidungsaktion der absolute Stress.

Und dann kommt ihm plötzlich ein Gedanke, der die Entscheidung ganz leicht macht. Dass er da nicht früher drauf gekommen ist. Was, wenn Sandra ebenfalls an dem Wettbewerb teilgenommen hat? So gut, wie sie schreibt, ist das doch sehr wahrscheinlich. Wenn sie mitgemacht hat, wird sie mit Sicherheit unter die ersten sechs gekommen sein. Und wenn sie unter die ersten sechs gekommen ist, befindet sie sich hinter dieser Tür. Und wenn sie sich hinter dieser Tür befindet und er da reingeht, wird ganz schnell rauskommen, dass Simon mit einem Text angetreten ist, den er gar nicht geschrieben hat. Mist, was soll er bloß machen?

Abstimmen! Wer ist dafür, da reinzugehen? Es melden sich etwa zwanzig Prozent von etwas, das er seine Vernunft nennt, und etwa zwanzig Prozent dessen, was er sein Bauchgefühl nennt. Okay. Wer ist dafür abzuhauen? Die Wahlbeteiligung beträgt hundert Prozent. Achtzig davon, sowohl Vernunft als auch Bauch, sind dafür, auf der Stelle die Kurve zu kratzen.

Ein klares Ergebnis. Doch die Entscheidung wird ihm abgenommen. Die Tür fliegt auf und ein Mädchen mit glatten braunen Haaren, die bis auf die Schulter fallen, steht vor ihm.

»Hey, supi!«, ruft sie, »jetzt sind wir fast vollständig. Jetzt fehlt nur noch eine. Hi, ich bin Vivien. Kannst aber ruhig Vivi zu mir sagen. Und wie heißt du?«

»Simone«, krächzt Simon und hat das Gefühl,

seine Stimme klingt wie die eines Westernhelden. Er hätte früher abstimmen sollen. Jetzt ist es zu spät.

»Ich dachte, der Name wäre schon längst ausgestorben«, sagt Vivi. »Ich muss mal schnell für kleine Mädchen. Bis gleich.«

»Bis gleich«, sagt Simon leise und betritt schüchtern den Seminarraum. Alle schauen ihn an. Drei Mädchen bzw. junge Frauen wie er, nur eben echte Mädchen, eine Dame und ein Mann mit Schmerbauch und Brille. Die beiden sind schon uralt, vermutet Simon, bestimmt fast vierzig.

»Hi«, sagt er etwas erleichtert, weil schnell klar ist, dass sich Sandra nicht unter den Anwesenden befindet. Allerdings fragt er sich, warum alle so gucken, als stünde hier ein Alien. Sieht man ihm etwa an, dass er kein Mädchen ist? Hat womöglich urplötzlich der Bartwuchs eingesetzt? Ein Griff ans Kinn. Nein, alles normal, alles ganz glatt. Dann wird ihm klar, warum die so gucken. Es ist sein Aussehen. Alle tragen Jeans und T-Shirt oder Top, nur er nicht.

*

Als er neulich im Kleid, mit Föhnfrisur und Handtasche die Aula betrat, um herauszufinden, ob ihn jemand erkennt, guckten auch alle so. Das Schlimme war nur, dass er da jeden Einzelnen kannte. Da war ein Herr Arndt, Arkan, die Bandmitglieder von *Die Abhänger* und all die anderen. Zum Glück war Moritz bei ihm. Die Fußgängerzonenszene war eine der wenigen, in denen Micha nicht mitspielte. Deshalb musste Simon heute auch nicht dabei sein.

»Hallo«, sagte Moritz in einer Umbaupause, »ich möchte euch Simone vorstellen.«

»Hi«, sagte Simon fast flüsternd und wäre am liebsten im Erdboden versunken. Was machte er hier eigentlich? Es war bestimmt nur eine Frage von Sekunden und alle würden loslachen, weil sie ihn erkannten. Womöglich glaubten die dann auch noch, dass er auf so was stand. Auf Frauenklamotten und so. Aber komisch, es lachte niemand los.

»Simone wollte sich eigentlich für die Rolle der Behdis bewerben«, sagte Moritz. »Ich hab ihr gesagt, dass die Rolle schon vergeben ist, aber ich dachte, vorstellen kann sie sich ja mal. Für das nächste Stück vielleicht.«

»Klar«, sagte Arndt, »junge Talente sind immer willkommen.« Er erhob sich aus seinem Regiestuhl, ging einmal um Simon herum und musterte ihn von oben bis unten. Simon hatte das Gefühl, gescannt zu werden. Natürlich würde Arndt gleich erkennen, wen er vor sich hatte, und ihm sagen, dass er es begrüßen würde, wenn er seinen Text lernte, anstatt hier rumzualbern. Doch stattdessen fragte er: »Hast du denn schon mal Theater gespielt, Simone?«

Simon nickte. Er traute sich nicht zu sprechen. Spätestens wenn Arndt seine Stimme hörte, würde er ihn erkennen. Ihn traf die Erkenntnis, dass es völlig bescheuert war hierherzukommen, zu spät. Jetzt saß er in der Falle.

»Mhm«, sagte Arndt, »ich hab da so eine Idee. Komm doch mal hier auf die Bühne.«

Was? Simon warf Moritz einen verzweifelten Blick

zu, doch Moritz zuckte nur mit den Schultern. Was sollte er auch tun?

»Komm mal mit hier rauf.« Arndt nahm Simon am Arm und führte ihn auf die Bühne. »Arkan, bring uns doch bitte mal den Text für Behdis und Micha im Krankenhaus.«

Verdammt noch mal, was hat der denn jetzt bloß vor, ging es Simon durch den Kopf.

»Pass auf, wir machen Folgendes: Wir probieren eine kleine Szene, und wenn die ganz gut klappt, könnte ich mir vorstellen, dass du die Zweitbesetzung für Behdis übernimmst. Für den Fall, dass irgendetwas dazwischenkommt und Karina bei einer Aufführung nicht kann oder krank wird. So was kann ja immer mal passieren.«

Arkan brachte Herrn Arndt den Text, den Simon eigentlich gar nicht brauchte, weil er ihn schon draufhatte. Das war auch so eine komische Sache, die Texte der anderen konnte er sich immer besser merken als den eigenen. Das lag vielleicht daran, dass er die Texte seiner Kollegen bei den Proben ständig hörte. Diesen jedenfalls brauchte er eigentlich nicht.

Simon war so überrascht von der Tatsache, dass ihn tatsächlich niemand erkannte, jetzt wollte er es auch noch auf einen weiteren Versuch ankommen lassen. Er war zwar sicher, seine Stimme würde ihn sofort verraten, aber wer weiß, vielleicht kam es auch ganz anders.

»Am besten wäre es natürlich, wenn wir das gleich mit deinem richtigen Partner probieren könnten«, sagte Arndt. »Leider ist Simon heute nicht da. Du kennst ihn vielleicht zufällig, Simon Below?« Arndt schaute Simon fragend an, der schüttelte den Kopf. »Der wohnt gleich hier um die Ecke. Vielleicht erwische ich ihn am Telefon und kann ihn überreden, kurz rüberzukommen.« Arndt kramte sein Handy hervor und schaltete es ein. Simon blieb das Herz stehen. Sein Handy befand sich in der Handtasche. Eingeschaltet. Wenn das Ding gleich klingelte, würde der ganze Schwindel hier und jetzt auffliegen. Simon begann wie wild in seiner Handtasche zu wühlen. Aber er konnte das Handy nicht finden. Wo hatte sich das blöde Teil bloß verkrochen? Er blickte zu Arndt. Der begann bereits auf seiner Tastatur herumzudrücken. Endlich. Da in der Seitentasche war es. Simon bekam es zu fassen und wollte es ausschalten, aber die Tastensperre war an. Mist. Jetzt zählte jede Sekunde. Tastensperre aus. Handy aus. Im letzten Moment. Puh, das war knapp. Simon zog ein Taschentuch aus der Handtasche und tat so, als müsste er niesen.

»Gesundheit«, sagte Arndt und hielt sein Telefon ans Ohr.

»Danke«, sagte Simon laut und deutlich und achtete auf die Reaktion Arndts und der anderen. Aber keiner reagierte auf seine Stimme. Niemand schien etwas zu bemerken. Arndt drückte sein Handy aus und sagte: »Schade, nicht erreichbar. Also gut, dann machen wir es so. Arkan, kannst du den Text von Micha übernehmen?«

»Klar, kein Problem.«

Wenig später war Simon nicht nur der Hauptdarsteller, er war auch noch die Zweitbesetzung für Behdis. Arndt war sogar richtig begeistert gewesen. Als er Simones Telefonnummer notieren wollte, behauptete Simon, er besitze kein Handy und die Familie ziehe gerade um. Deshalb solle er sich, wenn nötig, an Moritz wenden. Arndt sagte, das werde er gerne tun.

Als Simon und Moritz die Aula verlassen hatten, meinte Moritz: »Perfekt, Alter, keine Sau hat was gemerkt. Du gehst echt als Tusse durch, voll der Wahnsinn. Allerdings, wenn Karina ausfällt, wirst du wohl mit dir selber spielen müssen«, kicherte er. »Da musst du dann im Sekundentakt die Kostüme wechseln.«

»Hör bloß auf«, sagte Simon, »stell dir mal vor, da passiert wirklich was. Karina erkältet sich oder knickt mit dem Fuß um oder sonst irgendwas. Bei der nächsten Probe musst du Arndt unbedingt sagen, dass ich es mir anders überlegt habe.«

»Okay, mach ich!«

»Und jetzt geh ich nach Hause und tu so, als wäre ich meine Freundin.«

»Was ist los?«

»Ich klingele bei mir zu Hause und frage meine Eltern, ob ich da bin.«

»Dann sagen sie Nein.«

»Genau, und dann frag ich sie, ob ich vielleicht auf mich warten kann, weil ich mich mit mir verabredet habe«, grinste Simon jetzt durch und durch euphorisch, weil sein Auftritt in der Aula so ein Erfolg war. »Mal sehen, was dann so passiert.«

»Kann ich dir sagen: Du wirst vergeblich warten«, lachte Moritz. »Und sie werden dich erkennen. Eltern erkennen ihre Brut.«

»Wetten, nicht?«

»Wenn sie dich nicht erkennen, sag ich dir eine Riesenkarriere in Hollywood voraus.«

*

»Wunderbar, jetzt sind wir ja so gut wie vollständig«, sagt Frau Ebeling und schaut in die Runde. Sie gehört zu den Veranstaltern des Lesewettbewerbs und ist für die Betreuung der jungen Autorinnen zuständig. Die Mädchen sitzen im Seminarraum um einen runden Tisch herum und fühlen sich wichtig. Extra für sie wurden in einem Vier-Sterne-Hotel Wasser, Saft, Kaffee, Tee und Kekse bereitgestellt. Frau Ebeling geht eine Liste durch. »Bereits anwesend sind Lisa Anselm, Saskia Bartels, Cindy Bauer, Simone Below …«

Als Simon seinen Namen hört, schießt ihm das Blut ins Gesicht und er guckt weg. Da steht die Schüssel mit den Keksen. Er nimmt sich einen und beißt ab. Trocken. Krümelig. Frau Ebeling fährt fort.

»… und Vivien Franken. Fehlt also nur noch unser Schlusslicht Sandra Sievers.«

Als Simon den Namen Sandra hört, atmet er die Kekskrümel vor Schreck ein.

»Die wird sicher auch jeden Moment eintreffen. So lange werde ich euch …« Frau Ebeling bricht ab, weil Simon plötzlich röchelt und hustet. Vielleicht ist sie das, denkt er, während er sich an den Hals fasst. Vielleicht heißt sie wirklich Sandra. Warum auch nicht? Das war Telepathie. In dem Café hat sie ihm ihren Namen gesendet. So wird es sein. Er traut sich nicht einzuatmen, weil er befürchtet, dass die Krümel noch tiefer in seine Luftröhre geraten. Er wird knallrot im Gesicht. Cindy Bauer, ein ziemlich korpulentes Mädchen, das neben ihm sitzt, springt auf und beginnt ihm so kräftig auf den Rücken zu klopfen, dass die halbierten Tennisbälle im BH zu verrutschen drohen. Aber es hilft. Die Kekskrümel lösen sich und der Hustenanfall lässt nach. Mit pochenden Schläfen bedankt sich Simon bei Cindy und korrigiert unauffällig seine Brüste. Oh Mann, Sandra Sievers. Das ist sie. Was nun? Er kann doch jetzt nicht einfach davonrennen.

»Geht es wieder?«, will Frau Ebeling wissen. Simon nickt und angelt ein Papiertaschentuch aus der Handtasche. »Gut! Dann möchte ich euch jetzt Herrn Schmidt vorstellen. Er wird euch mit seinem Kleinbus in die jeweiligen Städte und an die Veranstaltungsorte fahren.« Herr Schmidt lächelt breit in die Runde, zwinkert den Mädchen zu und sagt: »Ihr könnt ruhig Horst zu mir sagen.« Er scheint sich wohlzufühlen in der weiblichen Gesellschaft.

»Außerdem möchte ich euch allen ganz herzlich gratulieren«, ergreift Frau Ebeling wieder das Wort. »Ihr habt es unter die ersten sechs geschafft. Ihr habt also nicht nur bewiesen, dass ihr schreiben könnt. Darüber hinaus habt ihr mit euren Geschichten etwas ganz Besonderes abgeliefert und die Jury überzeugt.«

Das ungerechtfertigte Lob löst bei Simon leichte Übelkeit aus. Er muss an seine verkorksten Aufsätze denken. Er gehört nicht hierher. Er ist ein Fremdkörper, ein Krebsgeschwür in einem gesunden Organismus. Alle sind hier mit einem eigenen Text am Start, nur er nicht. Man wird ihn entdecken und operativ entfernen, bevor er nicht wiedergutzumachenden Schaden anrichten kann. Am liebsten würde Simon aufspringen und abhauen. Doch er zwingt sich, auf seinem Stuhl sitzen zu bleiben und sich möglichst nichts anmerken zu lassen. Gar nicht so einfach. Wahrscheinlich ist er so blass wie eine Leiche.

»Ich bin eure Ansprechpartnerin für alles, was während unserer kleinen Reise so anfällt. Wenn es ein Problem gibt, nur keine falsche Scheu, kommt zu mir. Ich habe für alles ein offenes Ohr.« Na toll, denkt Simon, ich habe ein Problem, aber das willst du bestimmt nicht hören.

»Wie ihr den Unterlagen entnommen habt, wird in jeder der drei Städte eine andere Jury sowie das Publikum über eure Texte und Vortragsweise urteilen. In Köln wird dann die Siegerin ermittelt und geehrt. Neben dem ersten Preis wird es außerdem eine Überraschung für die Siegerin geben, die ich hier natürlich noch nicht verraten will. Was ich euch jetzt allerdings verraten werde, ist die Zimmerbelegung. Aus organisatorischen Gründen werden sich jeweils zwei Mädchen ein Doppelzimmer teilen.« Simon schluckt. Wie soll das denn gehen? Sein Magen und sein Darmtrakt beginnen zu randalieren. Das wird ja immer besser. Er erinnert sich an Dustin Hoffman. Der hat auch eine Nacht mit einer Frau in einem Bett verbringen müssen. Aber natürlich haben sie nicht gezeigt, wie er die Nacht rumgebracht hat und wie das alles im Bad ablief. Das hier ist kein Film. Das hier ist die Realität und das macht ihm Angst. Still leidet er vor sich hin. »Also, es wohnen zusammen: Lisa und Cindy.« In diesem Moment klopft es an der Tür. Das ist sie. Das ist Sandra. Simon dreht sich mit dem Rücken zur Tür und tut so, als überprüfe er irgendwas an seinem Schuh. Er hört, wie die Tür geöffnet wird.

»Hallo! Ich bin Sandra. Ihr könnt aber ruhig Sandy zu mir sagen. Entschuldigt bitte die Verspätung. Es war Stau«, sagt eine Stimme, die Simon schon mal gehört hat. Das ist sie. Was nun? Er bekommt ganz weiche Knie und beginnt zu zittern.

»Kein Problem«, sagt Frau Ebeling freundlich. »Wir sind gerade dabei, die Zimmer zu verteilen. Du bist mit Saskia auf einem Zimmer und Simone und Vivien teilen sich eins.«

»Supi!«, ruft Vivien.

»Alles Weitere werden dir die anderen dann erzählen«, schließt Frau Ebeling ab.

»Okay, voll cool«, hört Simon Sandra sagen, »ach so, das ist übrigens mein Freund – Robbi.«

»Hi!«, sagt Robbi. Simon hört eine Kaugummiblase platzen und kann sich nicht entscheiden, ob er lachen oder heulen soll, als auch noch sein Handy klingelt.

»Ja?«

»Ich bin's, Moritz.«

»Das ist jetzt aber gerade ganz schlecht.«

»Ist aber wichtig. Wegen irgendwelcher Prüfungen, keine Ahnung was genau, besteht die Schulleitung darauf, dass die Premiere von *Die Spirale* vorverlegt wird. Auf den 10. Oktober. Arndt hat zwar alles versucht, konnte aber nichts machen. Jetzt sind jeden Tag Zusatzproben.«

»Ja und?«

»Hier brennt die Luft, Alter. Am besten, du kommst sofort zurück.«

»Aber das geht nicht.«

»Ich weiß. Was machen wir denn jetzt?«

»Keine Ahnung. Sag dem Arndt, ich bin krank.«

»Okay, ich lass mir was einfallen. Wie läuft es denn bei dir?«

»Na ja, wie soll ich sagen …« Simon fährt herum, weil sich eine Hand auf seine Schulter legt. Vor ihm steht Robbi. »Sag mal Süße, wir kennen uns doch irgendwoher?«

Eine Bierfahne hüllt Simon ein. Er schüttelt den Kopf. »… okay, Schatz, ich dich auch«, flötet er ins Telefon und ist geradezu stolz auf seinen Einfall, Moritz Schatz zu nennen. Jetzt denkt Robbi, Simone hat einen festen Freund. »Ich ruf dich später noch mal an.« Er drückt Moritz weg, lächelt Robbi so charmant wie möglich an und klimpert dabei simonemäßig mit den Wimpern.

»Eine kleine Unannehmlichkeit gibt es leider morgen in Berlin«, dringt Frau Ebeling zu Simon durch, »da haben die Hotelzimmer kein Bad. Es gibt aber Gemeinschaftsduschen für die Damen, ich hoffe, das ist kein Problem für euch.« Alle schütteln den Kopf, nur Simon nicht.

✶

Niemals hatte Simon es für möglich gehalten, dass man sich in den eigenen vertrauten vier Wänden so verloren und fremd fühlen könnte. Es war zwar total anstrengend, die ganze Zeit so zu tun, als wäre alles fremd und neu, aber es machte auch Herzklopfen. Es war voll spannend. Und den eigenen Eltern als Mädchen gegenüberzutreten und sie zu siezen, war der absolute Hammer. Aber das Krasseste an der ganzen Sache war, dass ihm Papa und Mama auch irgendwie fremd vorkamen. Sie benahmen sich so gekünstelt.

»Simone und Simon«, sagte Mama, »ist ja witzig.« Ihr Tonfall war eine Spur höher als üblich. »Nur komisch, dass er gar nicht erzählt hat, dass er eine Freundin hat. Er erzählt doch sonst alles.«

Vor allen Dingen, dachte Simon.

»Wer ist denn dein Lieblingsschriftsteller?«, fragte Papa jetzt. Er saß mit seinem Gipsbein und dem verbundenen Arm halbschräg im Sessel. Eine Position, in der ihm die angeknacksten Rippen am wenigsten schmerzten.

»Was?«

»Na ja, wenn man Geschichten schreibt, hat man doch bestimmt Vorbilder, oder?«

Oh Mann, hätte er sich bloß nicht so weit aus dem Fenster gelehnt und damit geprahlt, dass er Schriftstellerin werden will. Jetzt hat er den Salat. Was soll er darauf antworten? Er, der absolute Deutsch- und Lesemuffel.

»Ja … äh … doch … einige … und andererseits aber auch … äh … keine. Ich meine, natürlich schon viele, aber … äh … im Moment … keine. Ist besser so, um einen eigenen Stil zu entwickeln, muss man schnell wieder vergessen, wie andere arbeiten.« Was rede ich denn hier bloß für einen Müll zusammen, dachte Simon, der panisch einfach drauflos geplappert hatte. Aber Papa schien es zu schlucken.

»Ah, ein interessanter Aspekt«, sagte er. »Aber vielleicht kannst du mir ja ein paar gute Bücher empfehlen. Im Moment habe ich viel Zeit.« Papa klopfte auf seinen Gips.

»Sicher, ich kann Ihnen gerne mal eine kleine

Liste zusammenstellen.« Simon war klar, dass er schleunigst das Thema wechseln musste, wenn er sich nicht komplett reinreiten wollte. Das einzige Buch, das ihm momentan in den Kopf kam, war *Jim Knopf und Lukas der Lokomotivführer*. Das war zu wenig. Er musste handeln. »Wie ist das denn passiert? Ich meine, mit Ihrem Bein und dem Arm«, versuchte er abzulenken.

»Ach, das ist keine schöne Geschichte. Ein dummer Unfall. Eine Straßenbahn hat versucht, sich mit mir anzulegen. Ist ihr gar nicht gut bekommen. Die sieht noch schlimmer aus als ich. Ach, Schatz, bringst du uns mal Stift und Papier für die Bücherliste?«

»Gerne.« Mama stand auf und ging zum Schrank.

»Aber warum denn jetzt?«, fragte Simon und versuchte, seine Stimme ganz normal klingen zu lassen.

»Warum denn nicht?«, fragte Papa.

Simon spürte, wie sich ein Schweißfilm auf seiner Stirn bildete.

»Na ja … ich dachte nur … äh … vielleicht später.«

»Wie lange kennt ihr euch denn schon? Ich meine, Simon und du?«, flötete Mama, als sie ihm Stift und Papier hinlegte.

»Och, 'ne ganze Weile«, sagte Simon und fragte sich, warum sie in so einem Sing-Sang-Ton sprach.

»Na, immerhin hat der Junge, was Mädchen betrifft, einen sehr guten Geschmack«, sagte Papa und musterte Simon lächelnd von oben bis unten. Zum zweiten Mal an diesem Tag hatte er das Gefühl, gescannt zu werden. »Doch, muss ich schon sagen, einen sehr guten Geschmack. Den wird er wohl von mir haben«, scherzte Papa und lachte kurz auf. Sehr kurz, weil ihm seine Rippen das Lachen übelnahmen.

Simon spürte, dass er rot wurde. Ein Kompliment des eigenen Vaters fühlte sich ganz seltsam an.

»Was machen denn deine Eltern beruflich?«, wollte Mama jetzt wissen.

Na toll, die nächste Falle! Auf solche Fragen war Simon einfach nicht vorbereitet. Diese Art von Improvisationstheater, das er hier abliefern musste, lag ihm gar nicht. »Meine Mutter ist Lehrerin und mein Vater arbeitet bei einer Versicherung«, sagte er.

»Versicherung«, echote Papa mit tiefer Stimme und sein Gesicht verfinsterte sich.

Mist! Voll der Fettnapf. Daran hätte er denken müssen. Das war ein ganz blödes Thema.

»Was macht er denn da konkret? Er ist nicht zufällig für Krankenversicherungen zuständig?«

»Nein, nein«, beeilt sich Simon zu sagen. »Er muss sich ... äh ... um Fälle kümmern, bei denen der Verdacht auf ... äh ... Versicherungsbetrug besteht.« Er war froh, dass er kürzlich einen Film gesehen hatte, in dem es um Versicherungsbetrug ging. Sonst hätte er gerade ganz schön auf dem Schlauch gestanden.

»Hm!«, machte Papa nur. »Schade, dass er kein Anwalt ist«, sagte er eher zu sich selbst. »Einen Anwalt könnten wir brauchen in der Familie.«

In der Küche piepste der Herd. »Ah, der Apfelstrudel ist fertig«, sagte Mama und stand auf. »Hoffentlich kommt Simon gleich. Er liebt Apfelstrudel. Am liebsten isst er ihn mit ganz viel Puderzucker.«

Stimmt doch gar nicht!, wollte Simon am liebsten

losbrüllen. Ich esse ihn gerne mit Zimt, mit viel Zimt! Wieso weißt du das denn nicht? Aber den Zwischenruf musste er sich natürlich verkneifen.

»Mit Puderzucker?«, fragte Papa. »Isst er ihn nicht lieber mit Zimt?«

Simon war überrascht, dass ausgerechnet Papa das wusste.

»Unsinn«, erwiderte Mama, »mit Puderzucker.«

»Wirklich? Ich meine, mit Zimt. Ist auch egal, wir können ihn ja gleich fragen. Ach, hilf mir doch gerade mal hoch. Ich muss mal kurz raus.« Mama half Papa, der sich stöhnend aus dem Sessel erhob. Dann schnappte er sich seine Gehhilfe und humpelte davon.

»Können wir dich einen Moment allein lassen, Simone?«, wollte Mama wissen. »Ich muss kurz in die Küche, bin gleich wieder da.«

»Ja natürlich, kein Problem.« Simon war froh, die beiden kurz los zu sein. Er atmete tief durch, entspannte sich und war drauf und dran, sich so in den Sessel zu fläzen, wie es sonst seine Art war. Das konnte er sich aber gerade noch verkneifen. Dann hörte er seine Eltern in der Küche tuscheln. Obwohl er kein Wort verstand, war ihm natürlich völlig klar, worüber sie sprachen. Sie sprachen über Simone, die erste feste Freundin ihres Sohnes. Sie fragten sich, ob sie es miteinander trieben und wie lange schon und ob sie auch Kondome benutzten wegen Schwangerschaft und Aids und so. Und natürlich sind sie total überrascht, weil ihr Sohn schon so erwachsen ist. Ja, sollen sie nur tuscheln.

Kurz darauf kam Mama mit dem Kuchen. Mit der Begründung, er müsse auf seine Figur achten, aß Simon den Apfelstrudel ohne Zucker und ohne Zimt. Mama und Papa warfen sich vielsagende Blicke zu. Anschließend räumte Mama den Tisch ab und kam mit fünf Fotoalben zurück, um Simone Bilder von Simons Geburt bis in die Jetztzeit zu zeigen.

Oh wie peinlich. Allein die Vorstellung, Sandra käme zu Besuch und Mama hätte nichts Besseres zu tun, als ihr Babybilder von ihm zu zeigen, war voll daneben. Und schon ging es los: Simon während des Stillens. Simon beim Krabbeln. Simon unter dem Weihnachtsbaum. Simon auf dem Nachttopf. Simon im Kindergarten. Simon bei der Einschulung. Unerträglich. Das erste Album ließ er über sich ergehen, dann sagte er, dass er leider nicht länger warten könne und sich verabschieden müsse.

»Ach, das ist aber schade«, singsangte Mama, »wo es doch gerade so gemütlich wird.« In diesem Moment klingelte das Telefon und Papa ging ran.

»Hallo! … Ah, du bist das … Ja, die ist hier. Was …« Papa hält die Hand auf die Muschel und flüstert Simon zu: »Ist für dich?«

Wie jetzt? Wer sollte das sein? Das konnte eigentlich nur Moritz sein. Er war der Einzige, der wusste, dass er sich hier inkognito befand.

»Ja, ist gut … soll ich sie dir kurz geben? … Okay, richte ich aus. Aber höflich ist das nicht, mein Lieber. Man lässt seine Freundin nicht so lange warten.«

Was sollte denn der Scheiß, wieso gab Moritz sich als sein Freund aus? Ganz toll. Jetzt dachten Papa und Mama womöglich, Simone trieb es mit jedem. So ein blöder Idiot.

»Alles klar, bis gleich.« Papa legte auf, strahlte Simon an und sagte: »Das war er.«

»Was, wer denn?«

»Na Simon! Er sagt, es tut ihm leid, dass er dich so lange warten lässt, aber ihm ist etwas dazwischen gekommen. In ein paar Minuten ist er hier.«

»Das ist mal wieder typisch unser Sohn«, sagte Mama kopfschüttelnd.

Simon spürte ganz genau, wie ihm die Gesichtszüge entgleisten. Er hatte die Muskulatur nicht mehr unter Kontrolle. In was für einem Film war er denn jetzt gelandet?

Dann lachten Papa und Mama plötzlich laut los und Papa musste sich die Rippen halten, weil das Lachen so wehtat.

*

Simon hat immer noch das Gelächter seiner Eltern im Ohr, als er mit seinem Koffer hinter Vivien hertippelt. Da hat er sich schön reinlegen lassen von seinen Alten. Sie hatten ihn von Anfang an erkannt und sich einen Spaß daraus gemacht, ihn mit der Bücherliste, dem Apfelstrudel und den Fotoalben vorzuführen. Mit dem Anruf haben sie ihm voll den Rest gegeben. Als er ihnen dann erzählte, was es mit der Verkleidung auf sich hatte, haben sie versucht, ihm die Sache auszureden. Es blieb bei dem Versuch. Er hat darauf bestanden, den Wettbewerb durchzuziehen und gleichzeitig seine Schauspielkunst zu testen.

Jetzt, wo er es doch schon unter die ersten sechs geschafft hatte. Dass die Geschichte, mit der er so weit gekommen war, gar nicht von ihm war, hat er schön für sich behalten. Papa war total verblüfft darüber, dass sein Sohn eine erfolgreiche Geschichte geschrieben hat. Aber Mama hat gesagt, dass sie schon immer wusste, dass da ein Talent in Simon schlummerte und sie nie verstanden habe, dass die Lehrer das nicht erkennen.

»Hier ist es!«, sagt Vivien. Sie bleibt vor einer Zimmertür stehen und Simon rumpelt auf sie drauf.

»Sorry«, sagt er schüchtern, weil Vivien so überraschend gut riecht.

»Macht nix.« Mit einer Magnetkarte öffnet sie die Tür und tritt ein. »Supi, das ist ja voll geil.«

Simon folgt ihr. Stimmt! Das ist ja ein richtiger Palast! Der absolute Hammer. Ein Vorraum mit Garderobe, ein Riesenbadezimmer mit Dusche, Badewanne und zwei Waschbecken. Im Wohnraum eine Minibar, Fernseher, Sitzecke mit Sofa, Balkon und in der Ecke ein Riesenbett. Ein Riesenehebett.

»Willst du rechts oder links schlafen?«, fragt Vivien.

Simon peilt die Lage und sagt: »Links«, weil das die Seite zum Bad ist. So hat sich Dustin Hoffman in *Tootsie* auch entschieden. Das kann also nicht verkehrt sein.

»Okay! Wusstest du, dass Männer meistens links liegen wollen?«

»Nee, woher weißte das denn?«, fragt Simon vorsichtig. Ahnt Vivien etwa was?

»Hab ich mal irgendwo gelesen.« Sie wuchtet ihre

Tasche auf ihre Seite des Bettes, öffnet sie und beginnt, Dinge aufs Bett zu werfen. »Was liest du denn gerade?«

Haha, auf diese Frage ist Simon vorbereitet, nachdem Papa ihn so reingelegt hat. »Ich habe vor einiger Zeit T.C. Boyle für mich entdeckt«, sagt er. »Aber im Moment lese ich gerade ein Theaterstück, *Die Spirale*. Da spielt ein Freund von mir mit.« Simon hält sein Textbuch in die Luft.

»Supi, du hast einen Freund? Was Festes?«

»Was? ... äh ... nein.«

»Dann kannst du ja Robbi vernaschen.«

»Wieso?«

»Der fährt doch voll auf dich ab. Sag bloß, das hast du nicht gemerkt?«

»Nee!«

»Na, du bist ja blind. Also, wie der dich angeguckt hat. Wow! Und das in Gegenwart seiner Freundin. Nicht gerade die nette Art. Wenn du mich fragst, der ist total scharf auf dich. Da brauchst du nur mit dem Finger zu schnippen und dann schickt er seine ... wie heißt die noch?«

»Sandy.«

»Genau ... in die Wüste. Der ist voll geil auf dich, kannste glauben.«

»Das hat mir gerade noch gefehlt.«

»Wieso? Der hat doch was.«

»Was denn?«

»Na ja, so was Animalisches! Ich wette, der Typ ist ein Tier im Bett.«

Simon ist irritiert, dass Vivien hier so locker über

Sex plaudert. Irgendwie macht ihn die Situation an. Sie spricht mit ihm von Frau zu Frau und er ist keine, das ist es, was die Angelegenheit so spannend macht.

»Von Boyle finde ich eigentlich nur *Worlds End*, *Wassermusik* und *America* richtig gut«, sagt Vivien jetzt. »Alles andere geht so. Ich meine, nicht schlecht, aber na ja, du weißt schon, was ich meine.«

»Klar!«, sagt Simon und ist überrascht, dass Vivien offensichtlich alles von diesem Typen gelesen hat. Er hat einfach Kalli gefragt, was er so liest, und da hat er gesagt, T.C. Boyle sei voll cool. Er beschließt, irgendwann einmal etwas von dem zu lesen. Jetzt geht es mal wieder darum, das Gespräch auf ein anderes Thema zu lenken, bevor Vivien ins Detail gehen kann. »Hast du eigentlich einen festen Freund?«, fragt er.

»Ich hatte einen. Jetzt nicht mehr – zum Glück.«

»Wieso zum Glück?«

»Weil das blöde Arschloch nach zwei Jahren auf eine ganz miese Tour Schluss gemacht hat. Er hat einfach eine SMS geschickt. Stell dir das mal vor. Voll feige, der Typ. Wegen einer Stewardess. Dabei hat er total Schiss vorm Fliegen. Egal, ich hab mit ihm abgerechnet. Schriftlich. Fünfundzwanzig Seiten, die gesessen haben. Dabei habe ich entdeckt, dass Schreiben das Richtige für mich ist, und bin drangeblieben und hab angefangen, Geschichten zu schreiben«, strahlt Vivien. »Das war mein Glück. Wenn der mich nicht abgeschoben hätte, wäre ich jetzt nicht hier, verstehst du?«

»Klar.«

Vivien hat einiges an Tuben, Töpfchen und Gläschen ausgepackt und auf dem Bett verteilt. »So, ich werde mich jetzt mal ein bisschen frisch machen. Oder willst du zuerst ins Bad?« Vivien schaut ihn mit großen braunen Augen an. Erst jetzt fällt ihm auf, wie hübsch sie ist und wie riesig ihre Augen sind. Noch nie hat er so große braune Augen gesehen.

»Was ... äh ... nein.«

»Supi!« Ohne ihn weiter zu beachten, beginnt Vivien sich auszukleiden. Sie zieht ihre Schuhe aus und schlüpft aus der Jeans.

Simon steht wie festgewachsen da und kriegt einen ganz trockenen Hals. Er würde gerne woanders hinsehen, aber es geht nicht. Nichts zu machen. Wie gelähmt schaut er zu, wie Vivien sich das Top über den Kopf zieht und mit flinken Fingern den BH entfernt. Simon schluckt. Er konnte ja nicht ahnen, dass Brüste so schön sein können. Das hier sind die schönsten und vor allem die lebendigsten, die er jemals gesehen hat. So rund und groß und fest. Und sie haben ein Eigenleben. Sie schauen ihn an und sind sich ihrer Schönheit bewusst. Und nun beugt sich Vivien auch noch nach vorn und streift ihren Slip herunter. Simon steht vor einem splitterfasernackten Mädchen mit einer tadellosen Haut, einem knackigen Stehwegpo und Wahnsinnsbrüsten. Es ist solch ein unglaublicher Anblick, dass ihm schwindelig wird.

»Heh, ist dir nicht gut? Du siehst ja ganz blass aus.«

Kein Wunder, denkt er, denn sämtliches vorhan-

denes Blut scheint sich gerade in seinem Unterleib zu sammeln. »Es ist nur … ich … äh … weiß auch nicht …«

»Komm, setz dich hier aufs Bett.« Vivien ergreift seinen Arm und führt ihn zum Bett. Er setzt sich hin. Vivien setzt sich neben ihn. Bei der Gelegenheit streifen ihre Brüste seinen Arm und er muss aufpassen, das er nicht anfängt zu quieken. »Ich kenne das«, sagt Vivien und drückt ihn an sich. »Das ist die Aufregung.«

»Ja«, sagt Simon, »Aufregung«, und schlingt die Arme um Vivien. Es ist unglaublich. Das erste Mal im Leben hat er ein Mädchen im Arm – noch dazu ein nacktes. Und da ist der Impuls, sie anzufassen. Vorsichtig fährt er mit der Hand über ihren Rücken.

Oh Mann, ist das ein superglatter, warmer Rücken. Und wie Vivien duftet. Warum will sie sich eigentlich frisch machen. Das macht doch keinen Sinn.

Vivien schiebt ihn von sich weg und sagt: »Hey, du bist doch nicht lesbisch, oder?«

Simon schüttelt energisch den Kopf.

»Ich meine, ist auch egal, aber ich steh nicht auf Mädchen. Ich hab's mal versucht. Da hab ich mir mit einer Freundin einen Jungen geteilt. War aber nicht mein Ding. Hast du schon mal mit einem Mädchen ...?«

Wieder schüttelt Simon den Kopf und denkt, nein, leider nicht. Ich würde aber gerne. Am liebsten jetzt. Hier. Auf der Stelle. Ja, das wär's.

»Mein Gott, bist du blass. Und du zitterst ja auch. Ist bestimmt dein erster Wettbewerb, oder?«

»Ja!« Simon nickt und starrt auf die Brüste direkt vor seinem Gesicht. Das hier ist alles zu viel für ihn. Ihm bleibt die Luft weg. Das ist das Ende. Das Leben ist vorbei. Ganz ohne Zweifel. Aber das macht nichts. Schöner kann das Ende kaum sein.

»Warte, ich hole dir ein Glas Wasser. Und nachher zeige ich die ein paar Atemübungen, dann kriegst du das mit der Lesung schon hin.«

Kurz darauf geht es ihm besser. Im Bad hört er die Dusche rauschen. Er liegt auf dem Bett. Schade, dass er kein Maßband dabei hat. Das sind mit Sicherheit mehr als 13,2 Zentimeter. Viel mehr. Seine Hand fährt unter das Kleid. Die Erektion muss weg, bevor Vivien aus dem Bad kommt – unbedingt.

Simon stinkt. Er schnuppert in den Achseln. Pfui Teufel. Es hilft nichts. Er muss duschen. Wäre er als Simon hier, wäre das kein Problem. Ist er aber nicht. Er ist als Simone hier und als Simone geht er mit dem Geruch nicht durch. Ein Mädchen duftet, es stinkt nicht. Gestern hat Vivien sogar noch wunderbar geduftet, bevor sie duschen ging. So ist das bei Mädchen. Die stinken nicht. So durchgeschwitzt, wie er jetzt, nach der Fahrt von Braunschweig nach Berlin und dem Rest des Tages, ist, kann er heute unmöglich auf die Bühne. Das Problem ist: Er stinkt nicht nur, er stinkt nach Junge, also Mann. Das geht gar nicht. Hier in Berlin hat zwar jeder, das heißt jede, ihr eigenes Zimmer, aber dafür gibt es nur Gemeinschaftsduschen. In diesem blöden Zimmer gibt es noch nicht einmal ein Waschbecken. Dass so alte Hotels überhaupt noch erlaubt sind. Die sollten echt verboten werden. Was soll er bloß machen? Die Fenster aufreißen und sich an die Luft stellen, wird nicht viel bringen. Vielleicht sollte er das Zimmer als Kerl verlassen und die Männerduschen benutzen. Aber wenn ihn jemand sieht und womöglich erkennt? Nein, das Risiko ist zu groß, das kann er nicht bringen.

Es hilft nichts. In der Hoffnung, dass da niemand ist, macht er sich, nur mit einem Bademantel bekleidet und mit Handtuch und Seife bewaffnet, auf den Weg zu den Damenduschen. Zunächst lauscht er an der Tür. Ruhe. Absolute Stille. Da scheint niemand drin zu sein. Vorsichtig öffnet er die Tür einen Spalt weit und linst hinein. Tatsächlich, keiner da. Glück gehabt. Unbemerkt huscht er in den Duschraum, schließt die Tür hinter sich und sieht sich um. Scheiße, hier gibt es noch nicht einmal Kabinen oder trennende Duschvorhänge. Da gucken einfach nur fünf Duschköpfe aus der Wand. Das war's. Was, wenn jemand kommt, während er unter der Dusche steht? Aber warum sollte ausgerechnet jetzt jemand kommen? Er wird sich beeilen. Kurz nass gemacht, eingeseift, abgeduscht, fertig. In einer Minute ist er hier wieder raus. Um keine Zeit zu verlieren, zieht Simon in Windeseile den Bademantel aus und dreht den mittleren Hahn auf.

Kaum steht er unter der Dusche, fliegt die Tür auf. Schnatternd kommen Lisa, Saskia, Vivien und Frau Ebeling herein. Schnell dreht Simon ihnen den Rücken zu und guckt die Kacheln an. Was nun? Er sieht an sich hinunter. Verräterisch baumelt da der Beweis, dass er ein Lügner ist, ein Betrüger und Hochstapler. Zwar schrumpft der Beweis vor lauter Angst noch etwas, aber das reicht natürlich nicht aus, um als Simone durchzugehen. Simon ist in der Hölle gefangen.

»Hi, Simone!«, ruft Sina.

»Hallo«, antwortet Simon zaghaft und wünscht sich, er könnte wie ein Stück Seife zergehen und im Abfluss auf Nimmerwiedersehen verschwinden.

»Na, du hast ja echt 'nen Knackarsch«, sagt Saskia.

»Kein Wunder, dass dieser Robbi so auf dich abfährt«, fügt Vivien hinzu und alle außer Frau Ebeling kichern wie auf Kommando los. Panisch linst Simon zu seinem Handtuch, aber das liegt außer Reichweite. Nichts kann ihn mehr retten. Seine Lesereise ist hiermit beendet. Nicht auszudenken, was noch auf ihn zukommt, wenn er erst einmal enttarnt wurde. Hinter ihm ziehen sich die Mädchen und Frau Ebeling aus und drehen dann die Duschen rechts und links neben ihm auf. Was oder wer kann ihn jetzt noch retten? Ihm fällt nichts und niemand ein. Die einzige Erlösung wäre ein Stromausfall. Der würde für absolute Dunkelheit sorgen und er könnte sich verdrücken, in sein Zimmer rennen und unter der Bettdecke verschwinden. Das wäre schön. Raus aus diesem Albtraum zurück ins richtige Leben. Leider ist ein Stromausfall so unwahrscheinlich wie Schneefall im August. Schneefall im August ist sogar tausendmal wahrscheinlicher, vermutet er. Das Duschwasser prasselt auf ihn nieder. Vier nackte Frauen. Zwei links und zwei rechts von ihm. Es ist nur noch eine Frage von Sekunden, bis alles auffliegt. Die Sache ist aussichtslos.

»Kannst du mir bitte mal eben den Rücken einseifen?«, fragt Saskia links neben ihm.

»Was?«

»Ob du mir mal eben den Rücken einseifen kannst? Ich komm da nicht drahan«, trällert sie.

»Oh ja, meinen auch«, kommt Viviens Stimme von rechts.

»Meinen auch, meinen auch«, rufen die anderen.

»Klar«, antwortet Simon, »kein Problem.«

»Aber vorher seifen wir dich ein«, flötet Saskia. Und auf einmal stehen alle um ihn herum und acht Hände gleiten gleichzeitig über seinen Körper. Und das Verrückte ist, niemand scheint sich daran zu stören, dass er ein Mann ist. Im Gegenteil, alle sind ganz scharf darauf, ihn einzuseifen. Er wächst über sich hinaus und misst jetzt mindestens 31,2 Zentimeter. Und was eben noch ein Albtraum war, ist auf einmal das Paradies, denn jetzt betritt Sandra den Duschraum und die anderen ziehen sich wie auf Befehl zurück und er ist allein mit ihr. Aber Sandra ist nicht nackt. Sie trägt die Sachen, die sie auch im Eiscafé anhatte. Sie guckt ganz ernst, packt ihn an den Schultern und fängt an, ihn zu schütteln.

»Hallo, Simone, aufwachen! Wir müssen los!« Simon schlägt die Augen auf. Vivien schüttelt ihn. »Na endlich«, sagt sie, »ich dachte schon, du wachst überhaupt nicht mehr auf.«

»Wo bin ich?«

»In Braunschweig. Im Hotel. Bist eingeschlafen, während ich unter der Dusche stand. In anderthalb Stunden ist unsere erste Lesung. Schaffst du das?«

»Klar«, sagt Simon und ist heilfroh, dass er zurück ist im richtigen Leben.

DREIZEHN

Horst hält direkt vor der Brunsviga. So heißt der Veranstaltungsort, an dem die Lesungen stattfinden. Simon ist froh, endlich aus dem Bus rauszukommen. Bloß möglichst weit weg von Vivien. Denn wenn er sie ansieht, macht ihn das gleich dermaßen an, dass er schon wieder geil wird, und das will er auf gar keinen Fall. Im Bus wusste Sandy das zu verhindern. Sie hat ihn die ganze Fahrt über angegiftet, weil sie total eifersüchtig ist. »Wenn du mit Robbi rummachst, kratz ich dir die Augen aus«, hat sie ihm zugezischt, als sie in der Hotelhalle auf Horst gewartet haben.

Keine Sorge, ich bin schließlich nicht schwul, hätte Simon am liebsten geantwortet. Stattdessen fragte er: »Wie, der ist noch da?« Unsicher schaute er sich um.

»Der ist schon vorgefahren«, sagte Sandy. »Damit er einen Platz in der ersten Reihe kriegt. Und damit das klar ist, der pennt in seinem Auto oder neben meinem Bett.«

Simon zickte nur schnippisch »Pö!« und drehte Sandy den Rücken zu. Natürlich musste sie glauben, dass er es auf Robbi abgesehen hatte. Und wenn Blicke töten könnten, befände sich Simon jetzt mausetot und bis zur Unkenntlichkeit zerstückelt hinten im Bus.

Da Blicke das aber nicht können, staunt er jetzt über die lange Menschenschlange an der Kasse. Nie hätte er gedacht, dass sich so viele Leute für eine Lesung interessieren würden. Der Saal fasst bestimmt zwei- bis dreihundert Menschen. Unglaublich. Hinter der Bühne gibt es einen Raum, wo man sich umziehen kann. Über der Tür hängt ein Monitor, da kann man sehen, was auf der Bühne abgeht. Echt cool. Hier halten sie sich auf, bis die Lesungen beginnen. Aufgeregt wie alle sind, wird in der Garderobe wild durcheinandergequatscht, gekichert und geseufzt.

»So, ihr Lieben!«, ruft Frau Ebeling. »Ich möchte kurz noch etwas zum Ablauf des Abends sagen. Zunächst wird es eine kurze Ansprache des Veranstalters geben. Er wird auch die Jury vorstellen, die sich aus Journalisten, Autoren sowie zwei Schauspielerinnen zusammensetzt. Im Anschluss seid ihr dran. Nach den ersten drei Texten machen wir eine kurze Pause. Danach sind die nächsten drei an der Reihe. Wenn alle gelesen haben, wird sich die Jury beraten und die Stimmzettel des Publikums werden eingesammelt und ausgezählt. Das heißt, etwa eine halbe Stunde nach der Lesung wird das Ergebnis bekannt gegeben. Dann wissen wir, wer die ersten beiden Siegerinnen sind.«

»Und wenn sich das Publikum und die Jury für denselben Text entscheiden?«, will eines der Mädchen wissen.

»Dann haben wir es mit einer Doppelsiegerin zu tun. Und damit es so gerecht wie möglich zugeht, werden wir die Reihenfolge eures Auftretens jeden Abend neu auslosen. Hier in diesem Karton habe ich sechs Zettel. Auf jedem steht eine Ziffer von eins bis sechs. Ihr zieht jetzt bitte jeder einen Zettel. Daraus ergibt sich dann die Reihenfolge der Auftritte. Die Eins beginnt und so weiter.«

Jedes Mädchen nimmt einen Zettel. Simon erwischt die Vier. Er wird also direkt nach der Pause lesen. Sandy zieht einen Flunsch, weil sie als Letzte dran ist. »Am Schluss sind die Leute schon müde und hören nicht mehr richtig zu«, mault sie.

»Wenn du magst, können wir gerne tauschen«, sagt Vivien, »ich bin als Erste dran.«

»Wohl bescheuert, wa? Willst du mich verarschen, oder was? Als Erste haste ja gar keine Chance. Ich bin doch nicht blöd.«

Vivien verdreht die Augen. »Na dann eben nicht. War ja nur ein Angebot.«

✶

Ausverkauft! Die Nervosität schlägt Simon auf die Blase. Nicht weil er vor vollem Haus lesen wird, sondern weil er ein Betrüger ist. Ein Betrüger in Frauenklamotten, dem der Arsch auf Grundeis geht, weil er befürchtet, jeden Moment entlarvt zu werden. Ihm wird ganz flau im Magen und er bekommt wieder so ein Kratzen im Hals.

Draußen auf der Bühne wurde gerade die Jury vorgestellt. Das Rauschen des Applauses ist bewegend.

Als die Namen der sechs Autorinnen verlesen werden, versetzt ihm der Name Simone Below einen Stich. Der Druck nimmt zu und er eilt zur Toilette.

»Na, junge Frau, da haben wir uns wohl ein bisschen in der Tür geirrt? Für kleine Mädchen ist nebenan«, sagt ein Typ, der grinsend an einem Pinkelbecken steht. Simon macht, dass er wieder rauskommt. Er muss unbedingt daran denken, die Damentoilette zu benutzen.

Nachdem er sich etwas beruhigt hat, beschließt er, sich bis zur Pause im Zuschauerraum aufzuhalten. Da fühlt er sich sicherer als in Gegenwart der Mädchen und Frau Ebeling. Er drückt sich ganz hinten in eine Ecke. Es ist ein überwältigender Anblick. All die Menschen in dem dunklen Saal und vorn auf der Bühne der angestrahlte Lesetisch. Da wird er nachher sitzen und Sandras Geschichte *Heißer Stoff* lesen. Hoffentlich wird sie in Köln auftauchen. Hoffentlich wird er in zwei Tagen noch dabei sein. Hoffentlich fliegt der ganze Schwindel nicht auf. Hoffentlich.

Dann wird die erste Autorin angesagt. Die Leute klatschen und Vivien erscheint auf der Bühne. Sie sieht gut aus in dem Bühnenlicht. Sie setzt sich und es wird mucksmäuschenstill im Saal. Es ist kaum vorstellbar, dass er dieses Mädchen vor ein paar Stunden nackt im Arm gehalten hat. Simon grinst, das Leben ist spannend – und wie.

Vivien liest echt gut. Sie setzt die Pausen gekonnt. Ihre Stimme klingt mit dem Mikrofon viel voller und erwachsener und sie liest nicht zu schnell. Ihre Geschichte handelt von zwei Freundinnen, die sich beide in denselben Jungen verlieben. Ihre Freundschaft wird auf die Probe gestellt und das Irre: Am Schluss bleibt völlig offen, wie es ausgehen wird. Das Publikum ist total begeistert. Zum ersten Mal fragt sich Simon, ob *Heißer Stoff* hier überhaupt eine Chance hat. Was er eben hörte, war richtig gut geschrieben und fantastisch vorgetragen. Und so wie das Publikum reagiert, ist das doch kaum zu toppen.

Als Nächstes erscheint Cindy Bauer auf der Bühne. Ihre Geschichte handelt von einem Mädchen, das in der Schule auf übelste Weise gemobbt wird und sich am Ende etwas antut. Das Publikum hängt an Cindys Lippen. Auch bei dieser Geschichte bleibt das Ende offen. Man erfährt nicht, ob die Protagonistin überlebt.

Während das Publikum applaudiert und Cindy sich verneigt, legt sich eine Hand auf Simons Schulter.

»Hi, Süße, ist ja echt schön dunkel hier hinten.«

Simon fährt herum. Eine Bierfahne weht ihn an. Robbi grinst breit und legt, als wäre es das Selbstverständlichste der Welt, seinen Arm um Simons Schultern. Simon erstarrt. Das darf nicht wahr sein.

»Ich hab dich überall gesucht«, sagt Robbi. »Ich muss unbedingt mit dir reden.«

»Worüber denn?«, flüstert Simon, denn der Applaus ist jetzt abgeklungen und die nächste Autorin, Lisa Anselm, wird angesagt.

»Über uns.«

Bitte nicht, denkt Simon, nicht das. Er sagt: »Aber doch nicht jetzt. Ich muss gleich auf die Bühne.«

»Es ist aber voll wichtig«, drängelt Robbi. »Es ist so, dass du mir nicht mehr aus dem Kopf gehst. Ich muss dich unbedingt näher kennenlernen. Du machst mich total an. Scheiße, ich weiß gar nicht, wie ich das sagen soll. So was habe ich noch nie erlebt, wenn du verstehst, was ich meine.«

»Nicht wirklich«, sagt Simon und versucht, sich vorsichtig Robbis Arm zu entziehen. Aber der lässt nicht locker.

»Wir können vielleicht mal zusammen ins Kino gehen? Ich meine, wenn das hier alles vorbei ist. Was meinst du?«

»Ja, vielleicht«, nuschelt Simon leise, in der Hoffnung, dass Robbi ihn nicht versteht. Tut er aber.

»Geil, super, das finde ich voll klasse. Da machen wir uns dann so einen richtig schönen Abend. Mit Popkorn, Dosenbier und allem Drum und Dran«, strahlt Robbi.

Mit allem Drum und Dran kann nur Rumknutschen gemeint sein, schließt Simon messerscharf.

»Oh Mann, und ich hatte total Schiss, dass du Nein sagst. Hey, ich steh voll auf dich, kannste glauben.«

»Ja ja, ich muss jetzt in die Garderobe«, sagt Simon. »Ich bin bald dran.«

Vor seinem geistigen Auge sieht er sich mit Robbi Bier trinkend und Kaugummi kauend in der ersten Reihe sitzen. Er hat sich das Haar zu einer Bergheimer Palme frisiert und es läuft *Fargo*. Kaum wird es dunkel im Kino, fällt Robbi über ihn her und sie sinken auf den Sitz. Kurz bevor Robbi dahinterkommt, dass er es mit einem Kerl zu tun hat, ruft ein paar Reihen hinter ihnen jemand jetzt laut: »Yipiiiiiie!« Ein anderer will daraufhin wissen, was los sei, und es beginnt eine Tuschelei. Das ist Simons Rettung, denn Robbi wird wütend. »Ruhe, ihr blöden Wichser!«, meckert er. Aber die beiden kümmern sich nicht um ihn und quatschen weiter.

»Seid endlich ruhig, ihr blöden Pissköpfe! Wir wollen den verdammten Film sehen!«

»Vor allen Dingen willst du den Film sehen, du Flachpfeife«, kriegt er zur Antwort. »Wie willst du das denn anstellen, wenn deine Nase ständig zwischen den Schenkeln deiner Braut steckt?« Die Stimme kennt Simon. Es ist seine eigene.

»Hey, Alter, du bist scharf auf Ärger, stimmt's?«, schnauft Robbi. »Du bist verdammt scharf auf Ärger.«

»Du willst mir Ärger machen? Ich piss mich gleich ein vor Lachen.«

»Na warte, du kleiner Scheißer. Dir zieh ich 'n Canyon in den Schädel! Da kannst du aber einen drauf lassen. Dich mach ich fertig.« Robbi beginnt, über die Sitzreihen zu klettern.

Simon zupft sein Kleid zurecht und linst über die Stuhllehne nach hinten. Da sieht er sich und Moritz auf die versteckte Tür hinter dem Vorhang zugehen. Gerade hat er sich selbst gerettet. Zumindest in Gedanken. Die Wirklichkeit sieht leider ganz anders aus.

»Weiß ich doch«, sagt Robbi, »kannst ja gleich gehen.«

»Pssst!« Eine Frau in der Sitzreihe vor ihnen dreht sich um und legt auffordernd den Finger auf den

Mund, denn die nächste Autorin hat bereits angefangen zu lesen. Robbi nickt der Frau zu, macht jedoch keine Anstalten, Simon loszulassen. Im Gegenteil, er zieht ihn dicht an sich heran und spitzt den Mund. Jetzt muss er deutlich die Tennisballhälften spüren. Hilfe, denkt Simon und starrt Robbi entsetzt an. Der fährt sich mit der Zunge noch einmal über seine Lippen, um sie anzufeuchten. *Tootsie* lässt grüßen. Wenn jetzt kein Wunder geschieht, wird Simon mit dieser Zunge gleich nähere Bekanntschaft machen. Was soll er bloß tun? Ihm wird schwindelig. Das kann doch nicht sein. In einem Film käme jetzt von irgendwoher Rettung, aber das hier ist die knallharte Realität. Im Saal ist es ganz still. Nur die Stimme Lisas ist zu hören, die leise die Geschichte eines internetsüchtigen Jungen erzählt. Aber davon bekommt Simon nicht viel mit, denn Robbis glänzende Lippen nähern sich unaufhaltsam. Aufgrund des Schraubstockgriffs kann Simon sich kaum rühren. Soll er einfach schreien? Irgendwas muss er tun. Das hier darf auf gar keinen Fall der erste Kuss seines Lebens werden. Den hat er sich nämlich ganz anders vorgestellt. Der ist genau genommen für Sandra reserviert. Robbis Lippen sind jetzt sehr nah. Zu nah.

»Lass das!«, zischt Simon Robbi an. Der hält verblüfft inne und macht ein erstauntes Gesicht.

»Magst du mich nicht?«, flüstert Robbi.

»Doch … ja … nee … schon, aber ich … ich habe einen … äh … Freund … einen festen«, stammelt Simon.

»Na und?«

»Wie, na und?«

»Wo ist er denn, dein Süßer?«

»In Köln, aber er kommt morgen nach Berlin.«

»Glaub ich nicht.«

»Stimmt aber, und ich glaube, es würde ihm nicht gefallen, wenn wir hier ... na ja, du weißt schon.«

»Ach komm, jetzt stell dich bloß nicht so an.« Wieder macht Robbi Anstalten, Simon zu küssen. Der dreht im entscheidenden Moment den Kopf weg und hofft auf ein Wunder. Er hofft, dass genau in diesem Moment irgendwas geschieht. Ganz egal was, nur soll es ihn aus dieser krassen Lage befreien. Wenn nichts geschieht, wird er sich mit einem spitzen Schrei aus der Affäre ziehen müssen. Alle werden hersehen. Die Lesung muss womöglich unterbrochen werden. Wie unangenehm. Doch er hat Glück. Das Wunder geschieht. Unverhofft taucht Sandy auf und Simon ist heilfroh, sie zu sehen. Plötzlich steht sie neben Robbi und schreit ihn an: »Du verdammtes Miststück!« Ihre Stimme überschlägt sich. »Hab ich's doch geahnt! Verdammte Scheiße!«

»Ruhe, bitte«, sagt die Pssst-Frau.

»Schnauze!«, erwidert Sandy und wendet sich erneut an Robbi. »Du mieses kleines Arschloch! Machst hier hinter meinem Rücken mit 'ner anderen rum! Du hast sie wohl nicht mehr alle!«

»Nicht so laut«, sagt Robbi. »Ich kann das erklären.« Endlich lässt er Simon los. Der taucht auf der Stelle ab und macht sich dünn.

»Ach, du kannst das also erklären? Dann mach mal! Hört mal alle her!«, schreit Sandy in den Saal.

Lisa muss ihre Lesung unterbrechen. »Er kann das erklären! Da bin ich aber mal gespannt!«

»Ich hab mich in Simone verknallt«, sagt Robbi, »volles Rohr.«

Ach du Scheiße, denkt Simon, der inzwischen die Saaltür erreicht hat.

»Da kann ich echt nichts für. Was soll ich denn machen? Das ist jetzt so.«

»Das nennst du eine Erklärung? Und was ist mit mir, du blöder Wichser?«, schreit Sandy und beginnt ohne Vorwarnung auf Robbi einzuschlagen.

Simon verdrückt sich und findet das Leben in manchen Situationen eine Idee zu spannend.

VIERZEHN

»Was ist los? Ich versteh kein Wort.«

»So schwierig ist es doch nicht.« Simon sitzt auf dem riesigen Bett des Hotelzimmers. Das Kleid hängt im Schrank und er ist abgeschminkt. Kalli scheint echt ein bisschen schwer von Begriff zu sein. »Ich brauche unbedingt deine Hilfe. Wenn du morgen nicht nach Berlin kommst und dich als meinen Freund ausgibst, bin ich verloren. Das wird eine Katastrophe. Dann bin ich so gut wie tot.« Der letzte Satz war zwar ein bisschen übertrieben und der Tonfall ist auch etwas zu theatralisch ausgefallen, aber anders scheint er Kalli einfach nicht überreden zu können.

»Aber das geht auf gar keinen Fall.«

»Warum denn nicht?«

»Na ja, ich bin doch mit Justine zusammen.«

Simon glaubt es nicht. Er steckt komplett in der Klemme und Kalli macht Witzchen. Will er ihn verarschen, oder was? Der macht sich einen Spaß aus seiner Not. Und die ist groß.

Sandy wurde direkt nach der Randaliererei von der Lesereise ausgeschlossen. Sie musste noch während der Veranstaltung abreisen. Das hat den Vorteil, dass

Simon jetzt ein Zimmer für sich allein hat. Er sagte Vivien, dass er schnarche und fragte Lisa, ob sie mit ihm tauschen und das Zimmer mit Vivien teilen würde. Lisa hatte nichts dagegen. So hatte Robbis Verliebtheit sogar etwas Gutes. Simon würde nicht nur die Nächte stressfrei verbringen können. Auf seinem Zimmer kann er endlich aus den Frauenklamotten raus und er kann in Ruhe seinen Text lernen.

Allerdings gibt's da ein Problem: Sandy war abgereist, Robbi aber nicht. Der hat sich in den Kopf gesetzt, unbedingt in Simones Nähe bleiben zu wollen, und schläft vor dem Hotel in seinem Auto. Wenn Simon nicht ganz schnell einen festen Freund auftreibt, wird es zwangsläufig irgendwann zur Katastrophe kommen.

»Dann gib mir mal Justine.«

»Moment.«

»Hallo!«

»Justine?«

»Ja?«

»Leihst du mir Kalli? Ich brauch ihn dringend in Berlin. Übermorgen kriegst du ihn wieder.«

»Kommt ganz darauf an, wofür du ihn brauchst.«

»Hier ist einer, der will mir massiv an die Wäsche. Der lauert mir an jeder Ecke auf.«

»Ist er wenigstens hübsch?«

»Eben nicht. Er ist im Gesicht komplett verdrahtet und stinkt Tag und Nacht nach Bier. Außerdem ist er unberechenbar. Ich hab echt Schiss, dass der mir was antut. Ehrlich jetzt.«

»Kalli kommt. Wir Frauen müssen zusammenhalten. Aber ich will ihn unversehrt zurück.«

»Klar! Und vielen Dank.«

»Nicht dafür. Wie läuft es denn sonst bei dir?«

Simon grinst. Bis jetzt ist es nämlich ganz prima gelaufen.

Zuerst hatte er Schiss, er könnte irgendwo Sandy begegnen. Denn eins war sicher: die Drohung mit dem Augenauskratzen würde sie wahr machen. Selbst Robbi hatte erhebliche Mühe gehabt, sie sich vom Leib zu halten. Aber jetzt bestand keine Gefahr mehr. Horst fuhr Sandy noch in der Pause zum Hotel und von dort direkt zum Bahnhof. Das war's für sie.

Die entstandene Lücke füllte Frau Ebeling. Nach der Pause las sie einen Text außer Konkurrenz. Dann war Simon an der Reihe. Wegen der ganzen Aufregung mit Robbi und Sandy hatte er gar keine Zeit gehabt, nervös zu werden. Das passierte, als Frau Ebeling auf der Bühne war. Zuerst war es nur ein leichtes Kribbeln in der Magengegend. Doch je näher sein Auftritt rückte, desto schlimmer wurde es. Und als schließlich Simone Below angesagt wurde, hatte er das Gefühl, nicht mehr lesen, nicht mehr sprechen und nicht mehr laufen zu können. Er stand wie festgewachsen hinter dem Vorhang.

»Nun mach schon«, hatte Vivien gesagt und ihm einen leichten Schubs verpasst. Wie ferngesteuert lief er los. Irgendwie schaffte er es zu dem Tisch auf der Bühne. Er setzte sich und schaute in die Dunkel-

CONTEST
CONTEST

heit des Saales. Dann verlor er das Bewusstsein und kam erst wieder zu sich, als ihm donnernder Applaus entgegenschlug.

Hinter der Bühne wurde er mit Lob überschüttet. Offensichtlich hatte er nicht nur fehlerfrei, sondern auch fesselnd gelesen. Komisch, dass er davon gar nichts mitbekommen hatte.

Die Mädchen und Frau Ebeling gratulierten ihm zu seinem Text und er bekam ein schlechtes Gewissen.

Als sie eine halbe Stunde später auf die Ergebnisse der Jury und des Publikums warteten, fragte Vivien: »Warum heißt deine Geschichte eigentlich *Heißer Stoff*? Das ist das Einzige, was ich daran nicht verstehe.«

Darauf hätte Simon vorbereitet sein müssen. Immerhin hatte er sich diese Frage selbst gestellt und Moritz auch. Er hätte damit rechnen müssen, dass ihm irgendwer diese Frage stellen würde. Hat er aber nicht und Vivien erwischte ihn eiskalt.

»Äh …«, sagte er, »ich weiß auch nicht. Es ist so, dass ich ursprünglich eine ganz andere Geschichte im Kopf hatte. Dann kam aber diese dabei heraus und ich hab den Titel einfach gelassen.« Vivien nickte. Er hatte sich erfolgreich rausgeredet.

»Ich glaube, du gewinnst«, sagte Vivien.

»Ich glaube, du gewinnst«, erwiderte er und Vivien strahlte ihn an.

Dann wurden die Ergebnisse des ersten Abends bekannt gegeben. Sie hatten beide recht. Die Jury hatte sich für Vivien entschieden, das Publikum für

Simon. Die beiden umarmten sich und Simon spürte, wie das Blut in seine Lenden schoss.

Jetzt legt er den Hörer auf und ist froh, dass Kalli morgen kommt. Denn Robbi hat bereits angekündigt, dass er am nächsten Tag hinter dem Bus herfahren wird, um Simone unterwegs so nah wie möglich zu sein. Zum Glück weiß Robbi nicht, dass Simon ein Zimmer für sich allein hat. Sonst würde er vermutlich die ganze Nacht an seiner Tür kratzen.

Weil er wegen des aufregenden Abends noch nicht einschlafen kann, träumt er Sandra herbei. Das geht ganz leicht. Er stellt sich einfach vor, sie kommt aus dem Bad. Barfuß im Hotelbademantel und mit einem zum Turban gebundenen Handtuch, damit man den Heiligenschein nicht sieht. Sie ist überrascht, dass Simon in so einem noblen Hotel wohnt, und ist begeistert von dem großen Bett, in das Simon sie einlädt. Sie nimmt die Einladung an und öffnet den Bademantelgürtel. Ausgerechnet in diesem Augenblick klingelt sein Handy und Sandra löst sich vor seinen Augen auf.

»Ja?«

»Hallo, hier ist Wenzel.«

»Wer?«

»Wim Wenzel. Spreche ich mit Simon?«

»Ja«, antwortet Simon etwas sauer, weil ihm Sandra abhandengekommen ist. Er spürt, dass er sie nicht so einfach wieder herträumen kann. Jetzt rufen diese Werbefuzzis aber auch schon mitten in der Nacht an. Gerade will er den Störenfried wegdrücken, da sagt der: »Das Schicksal meint es gut mit dir, sie ist da. Leibhaftig und so hübsch wie ein Engel. Hast echt Glück, dass ich gerade Dienst habe und nicht auf Frauen stehe.«

»Was ist los?« Irgendein Bekloppter muss versehentlich seine Nummer gewählt haben. Aber woher weiß der seinen Namen? »Mit wem spreche ich.«

»Mit Wim Wenzel.«

»Okay, aber ... ich meine ... kennen wir uns?«

»Flüchtig! Stichwort: Servicekraft im Eiscafé am Neumarkt. Klingelt es?«

Und ob. Es ist der Kellner, der versprochen hat, ihn anzurufen, falls Sandra dort auftaucht. Simon hat nicht damit gerechnet, dass der Typ das tatsächlich machen würde. Und jetzt ist Sandra da und er etwa dreihundertfünfzig Kilometer weit weg.

»Sie ist da?«

»Yep! Soll ich sie aufhalten? Willst du herkommen? Oder wie ist der Plan?«

»Nein, das geht nicht. Ich bin unterwegs.«

»Dann gebe ich sie dir am besten mal.«

»Ja … nein … doch … das heißt … auf gar keinen Fall … ich meine …«

»Hallo?«

Das ist sie. Das ist ihre Stimme. Simon wird schwarz vor Augen. Ewig hat er sie gesucht. Die Zeitungen und das Internet hat er durchwühlt, in der Hoffnung, sie zu finden, sie wiederzusehen. Ganz allein ihretwegen ist er hier. Und nun hat er sie am Telefon und er ist sprachlos. Sein Hals fühlt sich an wie ein ausgetrocknetes Flussbett. Rissig und rau.

»Hallo?«

Sprachlosigkeit ist in dieser Situation zwar äußerst unpassend, aber er kann nichts tun. Hilflos lauscht er in den Hörer. Da ist Geschirrklappern, Stimmengewirr, leise Musik und ihre Stimme.

»Hallo! Wer ist denn da?«

»Hier ist Simon, wir sind uns genau in dem Eiscafé begegnet, in dem du jetzt sitzt. Damals hast du eine Geschichte mit dem Titel *Heißer Stoff* in den Papierkorb geworfen. Ich bin so froh, deine Stimme zu hören und würde dich sehr gerne wiedersehen«, würde er gerne sagen. Stattdessen sagt er aber nur: »Hmmpff!«

»Wahrscheinlich irgend so ein Perverser«, sagt sie und drückt ihn weg.

Ungläubig schaut Simon sein Handy an. Er hat es vermasselt. Eben war sie noch da. Sie hat mit ihm gesprochen. Gerade hat er die Chance seines Lebens vertan. Fast so schlimm müssen sich sechs Richtige im Lotto anfühlen, wenn man den Schein nicht abgegeben hat – aber nur fast.

FÜNFZEHN

Gleichstand. In Berlin hat die Jury für Simon gestimmt und das Publikum für Vivien. Obwohl Simon wegen des vermurksten Telefonats mit Sandra die Nacht kaum geschlafen hat, war er dieses Mal nicht so nervös wie in Braunschweig. Er schaffte es sogar, sich selbst zuzuhören, während er las.

Robbi hat seine Drohung wahrgemacht und klebte mit seiner halb verrosteten Karre von Braunschweig bis nach Berlin am Bus. Immer wenn Simon aus dem Heckfenster sah, um zu gucken, ob er noch da war, winkte Robbi ihm zu, grinste und flatterte obszön mit der Zunge. Es war klar, dass ihm der Typ nicht von der Seite weichen würde. Und Vivien schlug auch noch vor: »Vernasch ihn doch einfach.«

Simon winkte ab. Zum Glück wartete Kalli schon vor dem Hotel. Vivien pfiff anerkennend durch die Zähne, als sie ihn sah. Allerdings umarmte er Simon vor aller Augen wesentlich leidenschaftlicher, als es nötig gewesen wäre. Robbi stand die Enttäuschung ins Gesicht geschrieben. Als er feststellte, dass es sich bei Simones *Freund* ausgerechnet um den Typen handelte, der ihn und Sandy aus dem Kino geworfen hatte, räumte er zerknirscht das Feld. Hoffentlich kommt er niemals dahinter, dass er sich unwissentlich in einen Kerl verknallt hat, dachte Simon. Als Robbi davonfuhr, sah er, dass er sich eine Träne wegwischte, und kam sich irgendwie schäbig vor.

Das war gestern. Heute sind sie in Köln. Heute ist das Finale. Heute fällt die Entscheidung. Heute ist sein letzter Tag als Simone. Morgen wird er wieder Simon sein und mit streichholzlangen Haaren zur Probe erscheinen. Arndt wird verblüfft sein, weil er ohne Textbuch auskommen wird. Er freut sich auf die Premiere und darauf, endlich in die Rolle Michas zu schlüpfen. Denn im Vergleich zu den letzten drei Tagen wird ihm die Aufführung vorkommen wie ein Nachmittagsspaziergang im Frühling.

Die Abschlusslesung findet im Gloria-Theater in der City statt. Auch dieser Abend ist, wie die vorangegangenen, ausverkauft. Heute werden auch Moritz, Justine, Kalli, Papa und Mama im Publikum sitzen. Nur mit Mühe konnte er seine Eltern davon überzeugen, nicht hinter die Bühne zu kommen. Er will sie sich so lange vom Leib halten, bis aus Simone wieder Simon geworden ist. Die sind glatt in der Lage, sich zu verplappern. Das hat ihm gerade noch gefehlt. Am liebsten wäre es ihm gewesen, sie wären gar nicht gekommen, doch darauf haben sie sich nicht eingelassen. Natürlich wollen sie sich die Vorstellung ihrer *Tochter* Simone nicht entgehen lassen.

Heute ist Simon als Letzter an der Reihe. Das ist deshalb schlimm, weil er so viel Zeit zum Nervöswerden hat. Und genau dafür nutzt er sie. Er läuft in der Garderobe auf und ab, bis er die anderen nervt.

Dann setzt er sich und kippelt mit dem Stuhl, bis er beinahe stürzt. Kurz vor Beginn rennt er hinter die Bühne und linst durch den Vorhang in den Zuschauerraum, um ihn nach Sandra abzusuchen. Hoffentlich kommt sie. Hätte er doch gestern am Telefon bloß etwas gesagt. Leider ist sie nirgendwo zu sehen. Dafür entdeckt er Arndt. Was will der denn hier? Vor allem ist er nicht allein. Er hat die komplette Theatertruppe im Schlepptau. Karina, Arkan, *Die Abhänger*, alle sind da, auch Moritz ist dabei. Die wollen sich das Spektakel natürlich nicht entgehen lassen, nachdem Moritz ihnen alles gesteckt hat. Simon schlägt der Anblick all der bekannten Gesichter auf den sowieso schon nervösen Magen. So mulmig war ihm noch nie zumute. Er beginnt zu zittern. Jetzt setzen die sich auch noch in die erste Reihe. Luft, denkt er, ich brauche dringend frische Luft.

Draußen atmet er tief durch und versucht, sich zu beruhigen. Doch das gelingt ihm nicht. Was ist, wenn nachher Simone Below angesagt wird? Hoffentlich halten Arndt und die anderen dicht. Was, wenn am letzten Abend alles auffliegt? Was, wenn Sandra tatsächlich kommt, aber sauer reagiert? Daran hatte er noch gar nicht gedacht. In seinem Kopf dreht sich alles. Wieder einmal will sich der Gedanke, einfach abzuhauen, in den Vordergrund drängeln. Aber Simon lässt ihn nicht. Jetzt hat er es bis hierhin geschafft, jetzt zieht er den Rest auch noch durch. Das ist gar nicht so einfach, aber irgendwie schafft er es, sich nach der Pause noch immer im Theater zu befinden.

Das Los hat entschieden, dass Vivien direkt vor

ihm liest. Und sie liest heute noch besser als am Abend zuvor. Mit jeder Lesung steigert sie sich. Als sie endet, setzt frenetischer Applaus ein. Dann ist Simon dran. Wie in Trance setzt er sich an den Lesetisch und blickt in das Dunkel des Saales. Er räuspert sich und beginnt: »So etwas ist Maria noch nie passiert, nicht mit einem Glas. Sie spürte zwar, dass es ihr entglitt, doch sie konnte nichts dagegen tun. Es gab kein Halten mehr …«

Mit den ersten Sätzen weicht die Nervosität. Er spürt dieses Knistern in der Stille. Von Anfang an ist da eine nicht zu beschreibende Spannung zwischen ihm und dem Publikum. Fast kann er den Text auswendig, er hat ihn so oft gelesen, dass er ein Teil von ihm geworden ist. Ja, es ist *sein* Text. Seit dem Moment, als er ihn aus dem Papierkorb gezogen hat, war es *sein* Text. Und nun lässt er sich Zeit, setzt Pausen an den richtigen Stellen und findet die richtigen Betonungen. Trotz des Kleides und der lächerlichen Tennisbälle in dem BH fühlt er sich eins mit sich, der Geschichte, dem Saal und dem Publikum.

Als er endet, ist es still. Mucksmäuschenstill. Nichts und niemand rührt sich. Was ist hier los? Hat er es vermasselt? Nach einer gefühlten Ewigkeit erklingt zaghafter Applaus. Fast so, als würden sich die Leute scheuen, die Stille zu stören. Allmählich klatschen mehrere und aus dem zaghaften entwickelt sich langsam ein nicht enden wollender Beifallssturm. Unglaublich.

Benommen findet Simon sich hinter der Bühne wieder. Alle gratulieren ihm zum Sieg, dabei haben die Jury und das Publikum noch gar nicht entschieden. In der Garderobe klingelt sein Handy. Das wird Moritz sein.

»Gratuliere! Herzlichen Glückwunsch. Das war echt super!«, sagt eine Stimme, die er kennt. Es ist Sandra.

»Danke! Wer spricht denn da?«

»Ich heiße Judith Sinn, ich habe deine Telefonnummer von dem Kellner des Eiscafés am Neumarkt. Darf ich nach hinten kommen? Ich würde dich gerne kurz sprechen.«

»Klar, gerne.« Simon wundert sich darüber, dass er weder sprachlos noch aufgeregt ist. Er denkt nur: Sieh mal einer an, Sandra heißt Judith und sie ist hier.

Wenige Minuten später sitzen sich die beiden in der Garderobe gegenüber. Judith trägt wieder ihre rote Mütze. Schade, er würde so gerne den Heiligenschein mal sehen. Er weiß, der ist da. Zu seiner Überraschung ist Judith noch viel hübscher als in seiner Erinnerung.

»Bin ich eigentlich die Einzige?«, fragt sie, kurz nachdem sie sich gesetzt hat.

»Was?« Simon ist verwirrt. Denkt sie etwa, er hat noch eine andere Freundin? Wie kommt sie denn auf so was?

»Ich meine, ob ich die Einzige bin, die weiß, dass du ein Kerl bist und dich mit einem Text, der dir nicht gehört, in diesen Wettbewerb gemogelt hast?«

»Aber …«

»Auch wenn du den Text aus dem Papierkorb gefischt hast, ist er immer noch mein geistiges Eigentum. Du musst wissen, mein Vater ist Anwalt. Der kennt sich in solchen Dingen aus.«

Jetzt ist Simon doch wieder sprachlos. Will sie ihn etwa verklagen? Will sie ihn auffliegen lassen?

»Ich … äh … wollte nur … ich meine … ich hab das nur ... alles nur gemacht … weil ich … äh … dich wiedersehen wollte«, stammelt er und Judith lächelt ihn vergnügt an. Es scheint ihr Spaß zu machen, ihn zu verunsichern.

»Ich schenke dir den Text.«

»Echt? Aber warum?«

»Er passt zu dir. Das hab ich gemerkt, als du ihn vorgelesen hast.«

»Danke!«

»Gerne!«

»Darf ich dich mal was fragen?«

»Klar!«

»Warum heißt die Geschichte *Heißer Stoff?*«

»Ich hatte vor, über eine Frau zu schreiben, die, um vom Alkohol wegzukommen, auf andere Drogen umsteigt. Ich hatte nur diese Anfangsszene im Kopf. Während sich das in Zeitlupe fallende Glas dem Boden nähert, wollte ich in Rückblenden die Geschichte der Frau erzählen. Aber schon nach den ersten Sätzen hat sich etwas ganz anderes entwickelt. Vielleicht, weil ich mich von einem Jungen, der mir schräg gegenübersaß, ablenken ließ. Der hatte nämlich so eine süße Stimme. So kam eine Geschichte dabei raus, die nicht mehr zu dem Titel passte und die mir auch gar nicht gefiel. Deshalb hab ich sie dann weggeschmissen.«

»Sie gefiel dir nicht?«, fragt Simon erstaunt und jubiliert innerlich. Denn der Junge, der ihr gegenübergesessen hatte, war er.

»Ja, so kann man sich irren«, lacht Judith. »Ich habe mich übrigens auch mit einer Story bei dem Wettbewerb beworben, aber sie haben mich nicht genommen. So kann es gehen.«

»Echt?«

In diesem Moment steckt Frau Ebeling den Kopf zur Tür herein. »Es ist so weit, das Ergebnis wird bekannt gegeben.«

»Okay«, sagt Simon, »ich komme.«

»Viel Glück«, sagt Judith.

»Sehen wir uns denn nachher noch?«

»Unbedingt, schließlich möchte ich dich gern mal in Hosen und als Simon erleben.«

Simon strahlt sie an. Bevor er die Garderobe verlässt, dreht er sich noch einmal zu Judith um. »Ist dein Vater wirklich Anwalt?« Judith nickt. »Kennt er sich mit Versicherungen aus?«

»Und wie, darauf hat er sich spezialisiert. Er hasst Versicherungen.«

»Das ist gut«, sagt Simon, »das ist sehr gut.«

Er geht auf die Bühne. Sowohl das Publikum als auch die Jury haben sich für *Heißer Stoff* von Simone Below entschieden. Als er den Preis entgegennimmt, sieht er Judith im Publikum und winkt ihr zu. Sie strahlt und applaudiert und winkt ihm dann mit ihrer Mütze zu. So sieht er doch noch ihren Heiligenschein.

Nachdem der Applaus abgeebbt ist, ergreift Frau

Ebeling noch einmal das Mikrofon. »Wie ich zu Beginn unserer Lesereise bereits angekündigt habe, gibt es für die Siegerin noch eine Überraschung. Und zwar wird Simone am 10. Oktober ihre Geschichte live im Fernsehen lesen. Und das zur allerbesten Sendezeit um 20.15 Uhr.«

10. Oktober, denkt Simon, da war doch was. Und dann fällt es ihm ein. An dem Tag ist die Premiere des Stücks *Die Spirale*, mit ihm in der Hauptrolle.

SECHZEHN

»Wow, so soll es bleiben und nie wieder aufhören. Genau so hat er sich den ersten Kuss vorgestellt. So warm, so weich und so schön. Judith hat die tollsten Lippen der Welt.

Sie hat für ihn im Fernsehen gelesen, während er auf der Bühne stand. Wie von ganz weit weg dringen die Geräusche der Premierenfeier zu ihnen durch. Irgendwo in der Menge unterhalten sich Papa und Mama mit Judiths Eltern über das juristische Vorgehen gegen Versicherungen. Arndt nimmt Glückwünsche zur gelungenen Premiere entgegen. Moritz flirtet mit Karina und die *Die Abhänger* stehen noch auf der Bühne und machen Musik.

Simon aber hält ein überirdisches Wesen im Arm. Seine Hand wandert unter ihren Pullover, um sich selbst zu bestätigen, was er schon längst weiß, nämlich, dass da keine Tennisballhälften sind …

Von Andreas Hauffe ebenfalls
bei Thienemann erschienen:

Echt krass!
Matchball
Abgerockt!
Flashkick

Hauffe, Andreas
Der Tag, an dem das Glück im Papierkorb lag
ISBN 978 3 522 20068 4

Einbandgestaltung: Niklas Schütte unter Verwendung
der iStockphotos 4590448/Sean Locke, 930534
Innenillustrationen: Fabian Schempp
Schrift: Candida und Horseradish
Satz: KCS GmbH, Buchholz/Hamburg
Reproduktion: immedia 23, Stuttgart
Druck und Bindung: Friedrich Pustet, Regensburg

4 3 2 1° 10 11 12 13

www.thienemann.de
www.andreas-hauffe.de